AWA PRÉSENTE

HOTEL

JOHN LEES
Scénariste

DALIBOR TALAJIĆ
Dessin

LEE LOUGHRIDGE
Couleurs

CGI 37
Lettrage

DALIBOR TALAJIĆ
Couverture

SANDY JULIEN
Traduction

Ouvrage publié sous la direction de David Guélou
Coordination éditoriale par Alexandra Wagnon
Traduit de l'anglais par Sandy Julien
Lettrage et adaptation graphique par CGI37

Traduction française : © Black River, 2023
Black River - 92 avenue de France - 75013 Paris
Imprimé en France par PPO Graphic / 01
Dépôt légal : juin 2023
ISBN : 978-2-38426-044-7

#lisez! engagé
Pour plus d'information :
www.lisez.com
Imprimé sur du papier issu de forêts gérées durablement.

EFFRAYANT, PAS VRAI ?
ÇA, C'EST PIERROT. CET ENDROIT LUI DOIT SON NOM. PIERROT COURTS. LE TABLEAU EST LÀ DEPUIS LE DÉBUT.
ET VOUS SAVEZ QUOI ? J'EN VIENS À LE DÉTESTER.
PARDON, MON AMI. VOUS N'ÊTES PAS VENU LÀ POUR UNE LEÇON D'HISTOIRE, MAIS POUR UNE CHAMBRE !
MOI, C'EST JACK, AU FAIT. JACK LYNCH. LE RÉCEPTIONNISTE. ET MÊME SI ÇA NE SAUTE PAS AUX YEUX, J'AIME LES RÉCITS BIEN FICELÉS.
TOUS LES GENS QUI VIENNENT ICI ONT UNE HISTOIRE. VOUS AUSSI, JE PARIE. CHACUN SA PETITE QUÊTE, SA PETITE GUERRE À MENER DERRIÈRE CES MURS.
ET IL Y A QUELQUE TEMPS, LE WEEK-END DE L'ÉCLIPSE... ALORS, ÇA, C'ÉTAIT UNE SACRÉE HISTOIRE !
CELA DIT, DANS LA VIE, ON N'A QUE CE QU'ON MÉRITE. ON RÉCOLTE CE QU'ON SÈME ET TOUT LE TINTOUIN.
MAIS LA CLIENTE DE LA CHAMBRE 1, ELLE EN AVAIT TELLEMENT BAVÉ ! C'ÉTAIT INJUSTE. ELLE NE MÉRITAIT PAS DE SUBIR TOUT ÇA.
ÇA NE VOUS DISSUADERA PAS DE RESTER, HEIN ? ALLEZ, L'AMI, PRENEZ LA CLEF.
EN FAIT, C'EST LA MÊME CHOSE QUI VOUS AMÈNE ICI, ELLE ET VOUS. LA MÊME QUE TOUT LE MONDE...
3

"LE PANNEAU."
ROUTE 66
HOTEL
NEXT EXIT
"VOUS L'AVEZ PEUT-ÊTRE RATÉ CHAQUE FOIS QUE VOUS PASSIEZ SUR LA ROUTE 66. MAIS PAS CE SOIR."
"LA SORTIE DÉBOUCHE SUR UNE ROUTE QUE LA PLUPART NE DÉCOUVRENT JAMAIS. CERTAINES CHOSES NE SONT PAS FAITES POUR QUE TOUT LE MONDE LES VOIE..."
"MAIS SI VOUS ÊTES DANS LE BESOIN ? SI VOUS AVEZ DÉSESPÉRÉMENT BESOIN D'UN REFUGE OU DE VOUS CACHER ?"
"ALORS, VOUS LA TROUVEREZ PEUT-ÊTRE."
"À MOINS QUE CE NE SOIT ELLE QUI VOUS TROUVE."
Pierrot
COURTS

BIENVENUE À PIERROT COURTS, MON AMIE. VOTRE CHAMBRE VOUS ATTEND.
L'ÉTABLISSEMENT EST ASSEZ CLASSIQUE. QUATRE CHAMBRES, PLUS CE PETIT PATIO À L'ARRIÈRE.
LA PISCINE EST GRATUITE POUR LES CLIENTS, MAIS FRANCHEMENT, JE NE VOUS LA RECOMMANDE PAS.
ET CE SENTIER, LÀ-BAS ?
ÉVITEZ-LE, SURTOUT SEULE. LE... TERRAIN EST TRAÎTRE, ET DANS VOTRE ÉTAT, VOUS RISQUERIEZ DE TOMBER.
VOUS AVEZ ENTENDU PARLER DE L'ÉCLIPSE SOLAIRE, CE WEEK-END ? SI VOUS RESTEZ JUSQU'À DIMANCHE, VOUS AUREZ UNE BELLE VUE.
PARFOIS, JE ME DIS QU'ON N'A PAS LE MÊME CIEL QU'AILLEURS, ICI. MAIS ON LA VERRA... LÀ... ÇA VA, MADAME ?
1
"REGARDE-MOI DANS LES YEUX."
MADAME ?
PARDON, OUI, L'ÉCLIPSE.
VOILÀ, LA CHAMBRE 1. NI TÉLÉPHONE NI TÉLÉ, DÉSOLÉ. ET SI VOUS AVEZ UN PORTABLE, PAS DE SIGNAL. DANS LE COIN, RIEN N'ARRIVE À SE CONNECTER ON DIRAIT.
VENEZ ME VOIR EN CAS DE SOUCI. N'IMPORTE LEQUEL.

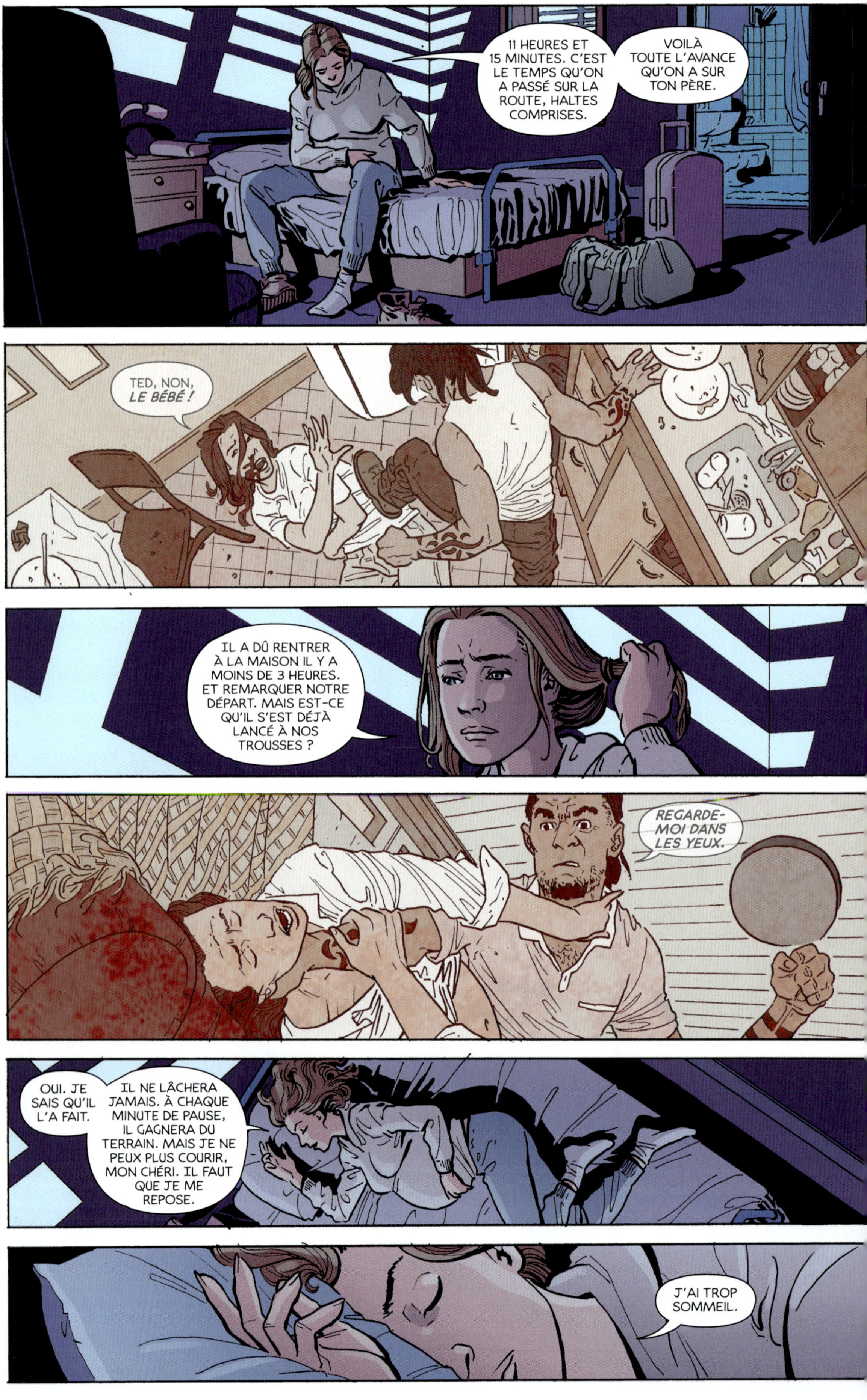
11 HEURES ET 15 MINUTES. C'EST LE TEMPS QU'ON A PASSÉ SUR LA ROUTE, HALTES COMPRISES.
VOILÀ TOUTE L'AVANCE QU'ON A SUR TON PÈRE.
TED, NON, *LE BÉBÉ !*
IL A DÛ RENTRER À LA MAISON IL Y A MOINS DE 3 HEURES. ET REMARQUER NOTRE DÉPART. MAIS EST-CE QU'IL S'EST DÉJÀ LANCÉ À NOS TROUSSES ?
REGARDE-MOI DANS LES YEUX.
OUI. JE SAIS QU'IL L'A FAIT.
IL NE LÂCHERA JAMAIS. À CHAQUE MINUTE DE PAUSE, IL GAGNERA DU TERRAIN. MAIS JE NE PEUX PLUS COURIR, MON CHÉRI. IL FAUT QUE JE ME REPOSE.
J'AI TROP SOMMEIL.

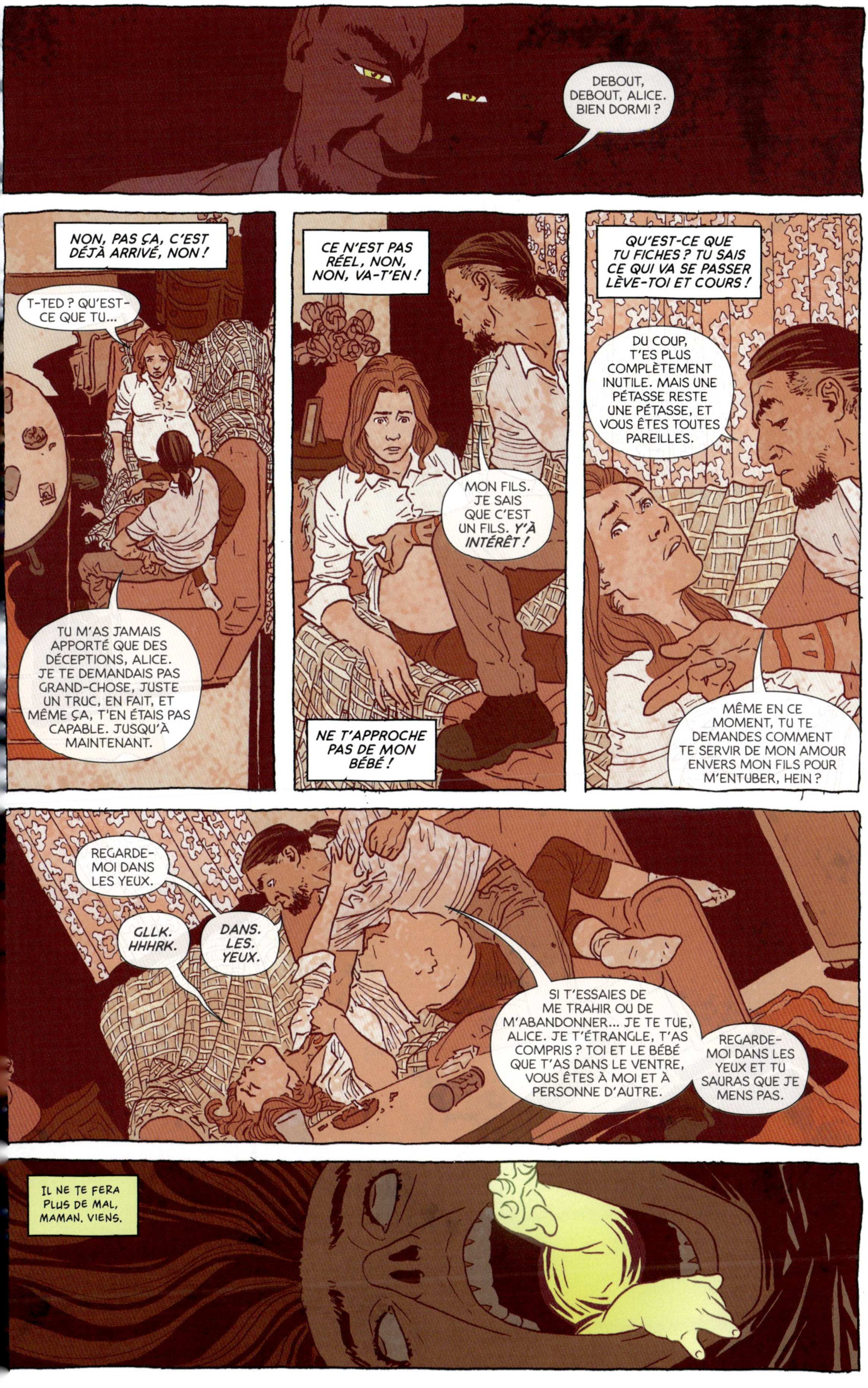
DEBOUT, DEBOUT, ALICE. BIEN DORMI ?
NON, PAS ÇA, C'EST DÉJÀ ARRIVÉ, NON !
T-TED ? QU'EST-CE QUE TU...
TU M'AS JAMAIS APPORTÉ QUE DES DÉCEPTIONS, ALICE. JE TE DEMANDAIS PAS GRAND-CHOSE, JUSTE UN TRUC, EN FAIT, ET MÊME ÇA, T'EN ÉTAIS PAS CAPABLE. JUSQU'À MAINTENANT.
CE N'EST PAS RÉEL, NON, NON, VA-T'EN !
MON FILS. JE SAIS QUE C'EST UN FILS. Y'À INTÉRÊT !
NE T'APPROCHE PAS DE MON BÉBÉ !
QU'EST-CE QUE TU FICHES ? TU SAIS CE QUI VA SE PASSER LÈVE-TOI ET COURS !
DU COUP, T'ES PLUS COMPLÈTEMENT INUTILE. MAIS UNE PÉTASSE RESTE UNE PÉTASSE, ET VOUS ÊTES TOUTES PAREILLES.
MÊME EN CE MOMENT, TU TE DEMANDES COMMENT TE SERVIR DE MON AMOUR ENVERS MON FILS POUR M'ENTUBER, HEIN ?
REGARDE-MOI DANS LES YEUX.
GLLK. HHHRK.
DANS. LES. YEUX.
SI T'ESSAIES DE ME TRAHIR OU DE M'ABANDONNER... JE TE TUE, ALICE. JE T'ÉTRANGLE, T'AS COMPRIS ? TOI ET LE BÉBÉ QUE T'AS DANS LE VENTRE, VOUS ÊTES À MOI ET À PERSONNE D'AUTRE.
REGARDE-MOI DANS LES YEUX ET TU SAURAS QUE JE MENS PAS.
IL NE TE FERA PLUS DE MAL, MAMAN. VIENS.

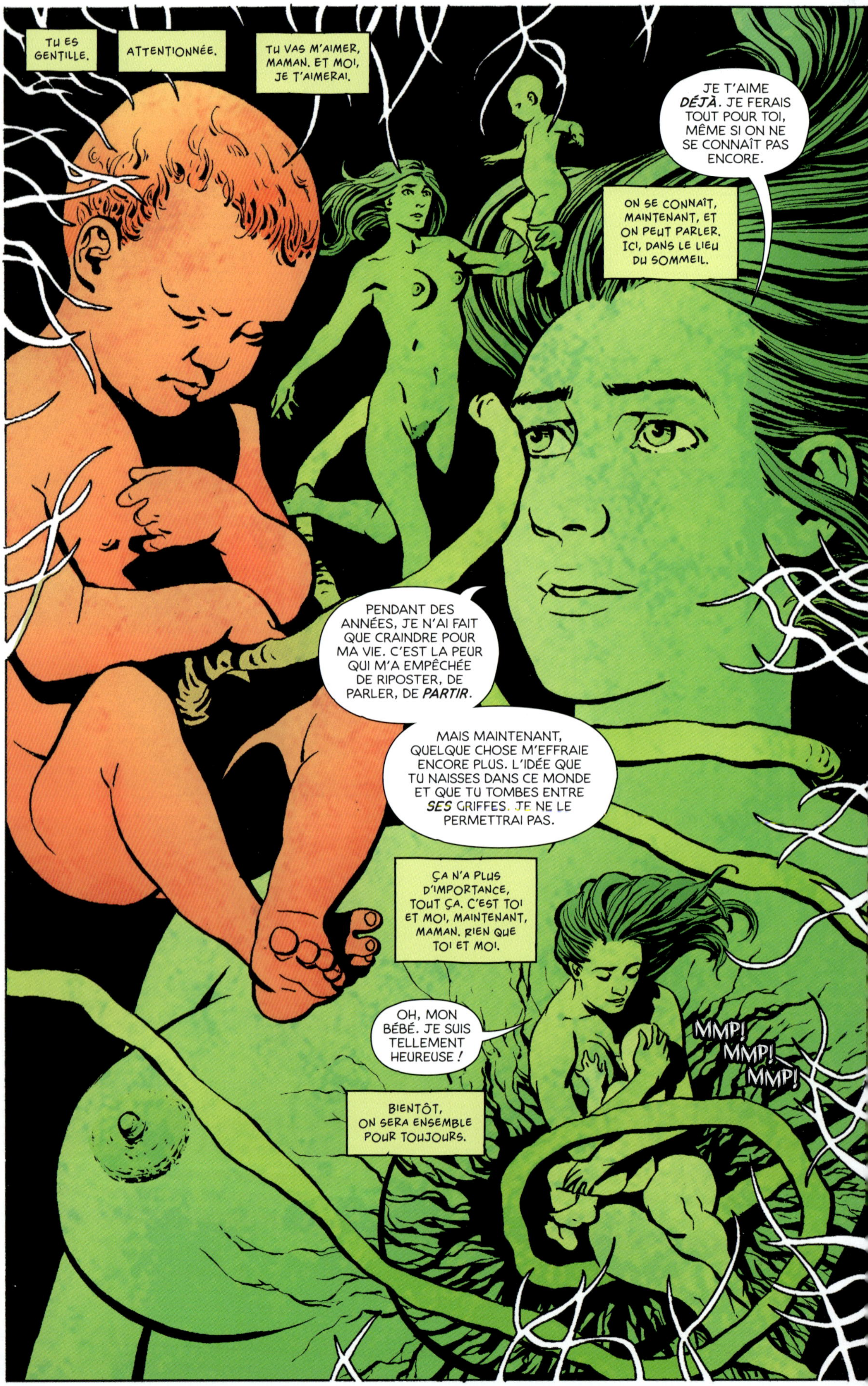
TU ES GENTILLE.
ATTENTIONNÉE.
TU VAS M'AIMER, MAMAN. ET MOI, JE T'AIMERAI.
JE T'AIME DÉJÀ. JE FERAIS TOUT POUR TOI, MÊME SI ON NE SE CONNAÎT PAS ENCORE.
ON SE CONNAÎT, MAINTENANT, ET ON PEUT PARLER. ICI, DANS LE LIEU DU SOMMEIL.
PENDANT DES ANNÉES, JE N'AI FAIT QUE CRAINDRE POUR MA VIE. C'EST LA PEUR QUI M'A EMPÊCHÉE DE RIPOSTER, DE PARLER, DE PARTIR.
MAIS MAINTENANT, QUELQUE CHOSE M'EFFRAIE ENCORE PLUS. L'IDÉE QUE TU NAISSES DANS CE MONDE ET QUE TU TOMBES ENTRE SES GRIFFES. JE NE LE PERMETTRAI PAS.
ÇA N'A PLUS D'IMPORTANCE, TOUT ÇA. C'EST TOI ET MOI, MAINTENANT, MAMAN. RIEN QUE TOI ET MOI.
OH, MON BÉBÉ. JE SUIS TELLEMENT HEUREUSE !
MMP! MMP! MMP!
BIENTÔT, ON SERA ENSEMBLE POUR TOUJOURS.

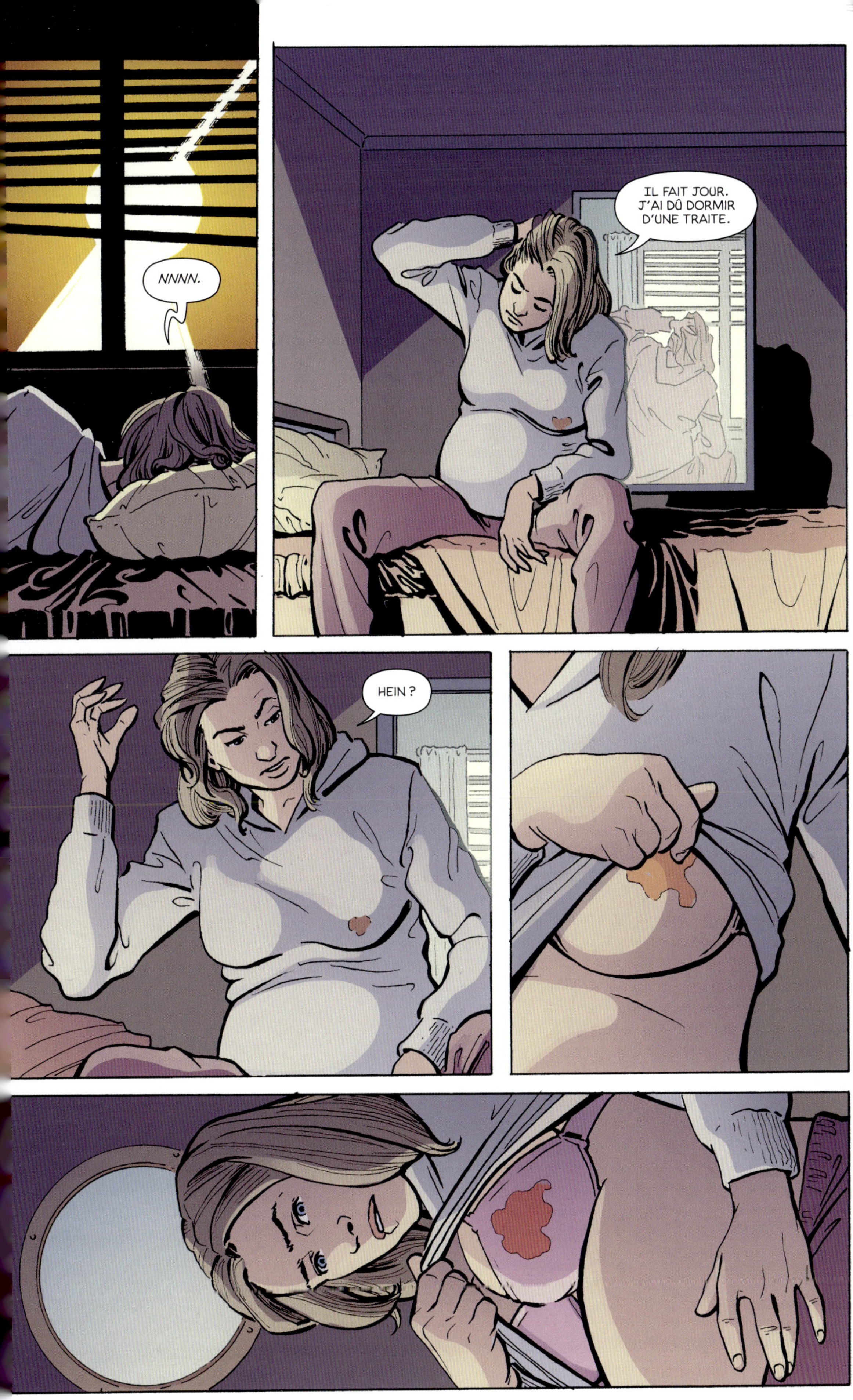
NNNN.
IL FAIT JOUR.
J'AI DÛ DORMIR
D'UNE TRAITE.
HEIN ?

SSH
FFSSH-SSH
SALUT ! C'EST VOUS LA CLIENTE DE LA CHAMBRE 1, C'EST ÇA ? JE SUIS VOTRE VOISIN, BOBBY STANSFIELD, DE LA 2.
LE TYPE M'A CONSEILLÉ DE NE PAS EMPRUNTER CE CHEMIN SEULE, IL DIT QUE C'EST TROP DANGEREUX.
VOUS FAITES TOUJOURS CE QU'ON VOUS DIT ?
PLUS MAINTENANT, NON.
ET QU'EST-CE QUE VOUS PENSEZ DE PIERROT COURTS JUSQU'ICI ?
JE NE SUIS PAS SÛRE DE M'Y PLAIRE. J'AI FAIT DES RÊVES BIZARRES. ET JE CROIS QUE JE ME SUIS GRATTÉE TOUTE LA NUIT...
OU ALORS DES BLATTES GÉANTES ET AFFAMÉES SE BALADENT DANS LES DRAPS, CE QUI NE M'ÉTONNERAIT PAS, HONNÊTEMENT.
ÇA, C'EST À FORCE DE RESTER CLOÎTRÉE DANS VOTRE CHAMBRE. C'EST UN COUP À CHOPER LE CAFARD.
VOUS SAVEZ QUOI ? VOUS ÊTES TOUTE SEULE, MOI AUSSI, ALORS ON POURRAIT FAIRE CONNAISSANCE ET PRENDRE UN PEU DE BON TEMPS, NON ?

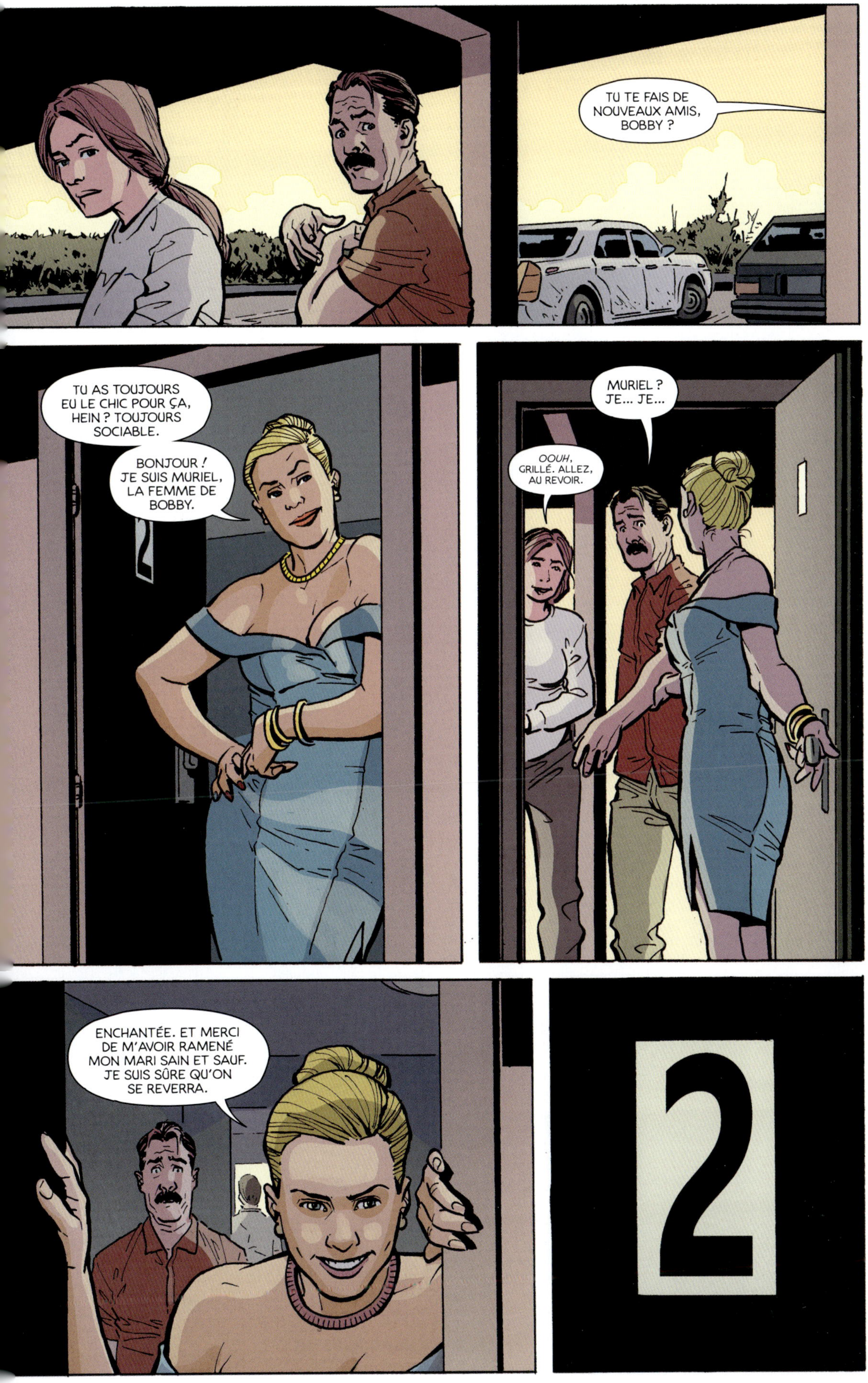
TU TE FAIS DE NOUVEAUX AMIS, BOBBY ?
TU AS TOUJOURS EU LE CHIC POUR ÇA, HEIN ? TOUJOURS SOCIABLE.
BONJOUR ! JE SUIS MURIEL, LA FEMME DE BOBBY.
MURIEL ? JE... JE...
OOUH, GRILLÉ. ALLEZ, AU REVOIR.
ENCHANTÉE. ET MERCI DE M'AVOIR RAMENÉ MON MARI SAIN ET SAUF. JE SUIS SÛRE QU'ON SE REVERRA.
2

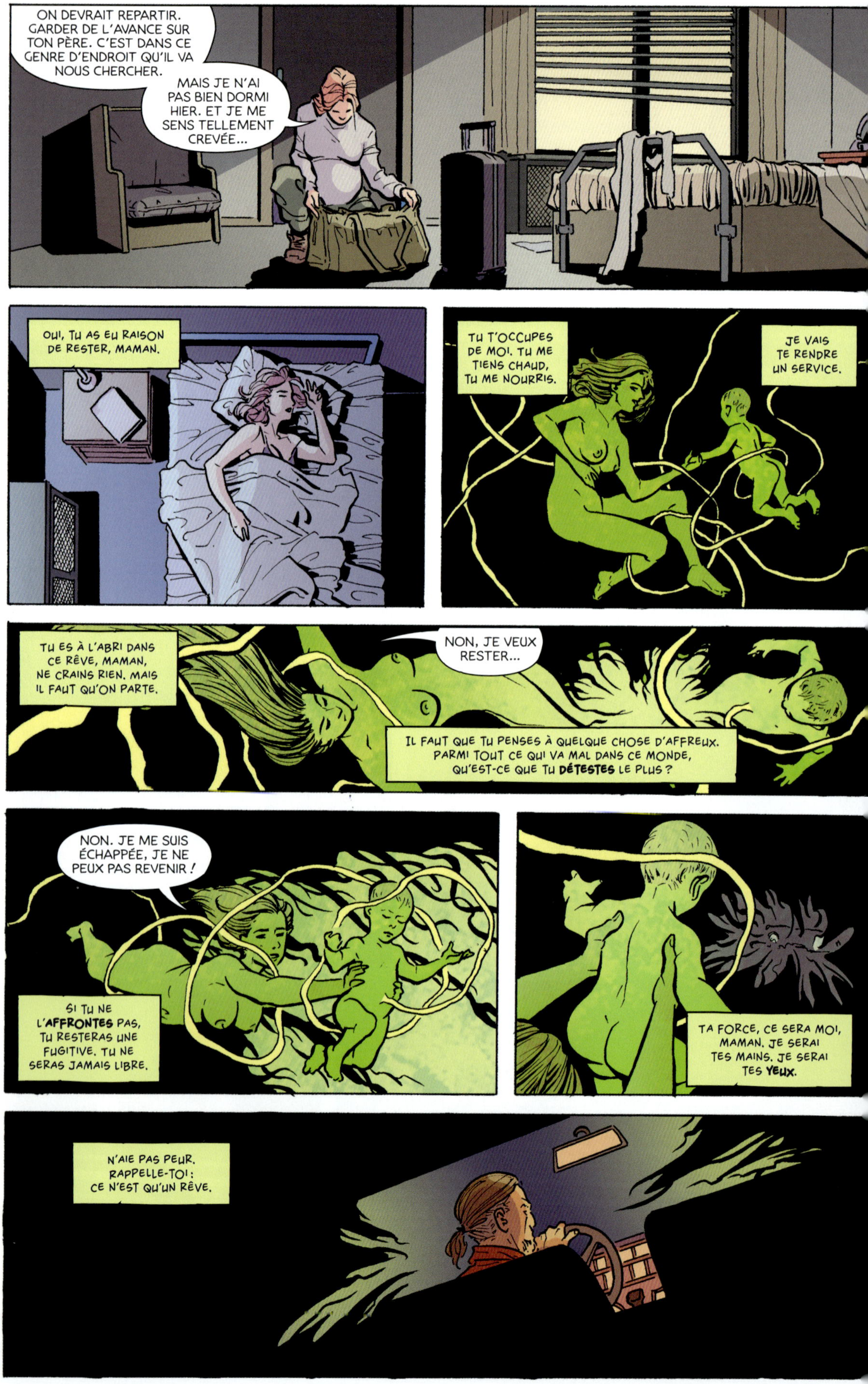
ON DEVRAIT REPARTIR. GARDER DE L'AVANCE SUR TON PÈRE. C'EST DANS CE GENRE D'ENDROIT QU'IL VA NOUS CHERCHER.
MAIS JE N'AI PAS BIEN DORMI HIER. ET JE ME SENS TELLEMENT CREVÉE...
OUI, TU AS EU RAISON DE RESTER, MAMAN.
TU T'OCCUPES DE MOI. TU ME TIENS CHAUD, TU ME NOURRIS.
JE VAIS TE RENDRE UN SERVICE.
TU ES À L'ABRI DANS CE RÊVE, MAMAN, NE CRAINS RIEN. MAIS IL FAUT QU'ON PARTE.
NON, JE VEUX RESTER...
IL FAUT QUE TU PENSES À QUELQUE CHOSE D'AFFREUX. PARMI TOUT CE QUI VA MAL DANS CE MONDE, QU'EST-CE QUE TU **DÉTESTES** LE PLUS ?
NON. JE ME SUIS ÉCHAPPÉE, JE NE PEUX PAS REVENIR !
SI TU NE L'**AFFRONTES** PAS, TU RESTERAS UNE FUGITIVE. TU NE SERAS JAMAIS LIBRE.
TA FORCE, CE SERA MOI, MAMAN. JE SERAI TES MAINS. JE SERAI TES **YEUX**.
N'AIE PAS PEUR. RAPPELLE-TOI : CE N'EST QU'UN RÊVE.

OUI. LUI. IL NOUS POURCHASSE EN CE MOMENT MÊME. TU LE SAIS BIEN.
SALOPE SALOPE SALOPE...
LE MÉCHANT MONSIEUR DOIT ÊTRE PUNI. TA HAINE A DU POUVOIR. SERS-T'EN... CONCENTRE-TOI...
REGARDE-MOI DANS LES YEUX !
AAARRRGHH!
SKRREEEE
KRRRSSCH

JE NE POURRAI JAMAIS RÉELLEMENT LE FAIRE, MAIS C'ÉTAIT TELLEMENT AGRÉABLE D'AVOIR CE POUVOIR, MÊME EN RÊVE !
IL N'AURA PLUS D'INFLUENCE SUR TOI. JE L'AI FAIT POUR TOI, MAMAN. J'AI EXAUCÉ TON VŒU.
JE TE PROTÉGERAI, MAMAN.
JE T'AIME, MAMAN.
MMP! MMP! MMP!

NNNG ! JE VAIS NIQUER LA PEAU, À FORCE DE GRATTER.
PARDON, MON CHOU. SI TU M'ENTENDS, N'ÉCOUTE PAS LES GROS MOTS, D'ACCORD ?
J'AIME BIEN BAVARDER AVEC TOI, MON PETIT GARÇON... OU... MA PETITE FILLE. ÇA FAIT TELLEMENT LONGTEMPS QUE JE N'AI PLUS PERSONNE... À QUI VRAIMENT... PARLER.
MAIS QU'EST-CE QUI M'ARRIVE ? JE DORS TOUT LE TEMPS DEPUIS MON ARRIVÉE, MAIS JE SUIS TOUJOURS ÉPUISÉE.
COMME SI ON ME SAIGNAIT À BLANC.
HEIN ?

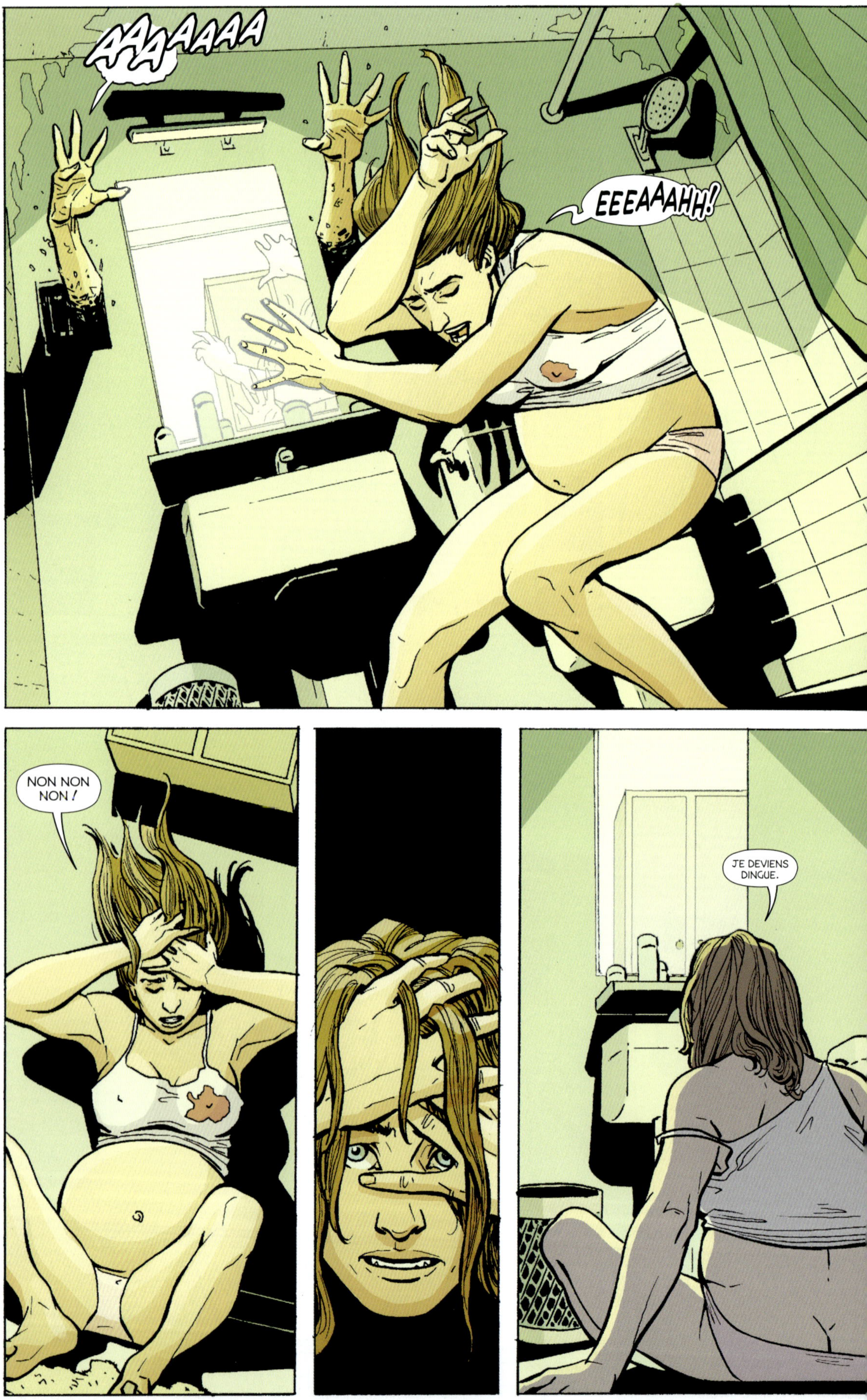
AAAAAAA
EEEAAAHH!
NON NON NON !
JE DEVIENS DINGUE.

IL Y A QUELQUE CHOSE QUI CLOCHE ICI. ON N'A AUCUNE RAISON LOGIQUE DE RESTER.
IL FAUT QU'ON REPARTE. QU'ON SORTE DE CET HÔTEL !
ALLEZ, MA VIEILLE ! POURQUOI JE N'ARRIVE PAS À ME LEVER POUR PARTIR ?
IL Y A QUELQUE CHOSE QUI M'ÉCHAPPE…
IMPOSSIBLE… DE METTRE… LE DOIGT DESSUS…
PLUS… RÉFLÉCHIR… CREVÉE…

UUUuuuAAAAGH ! UUUUUH... UH... AAARGH !
AU SECOURS ! OHÉ ! Y A QUELQU'UN ?
JE SUIS GRIÈVEMENT BLESSÉ ! J'Y VOIS PLUS RIEN, MES... MES YEUX ! AU SECOURS !
ROUTE 66
AAAAAUAAAGH ! UUUUH-HUH !
LA GARCE. LA SALOPE. JE VAIS TE CHOPER.
EXIT
JE VAIS TE CHOPER, SALOPE.

JE... JE N'AIME PLUS TROP ÇA. JE VEUX ME RÉVEILLER MAINTENANT.
JE VEUX JUSTE RESTER PRÈS DE TOI, MAMAN. JE T'AI AIDÉE AVEC LE MÉCHANT MONSIEUR, ALORS À TON TOUR.
ACCEPTE-MOI COMME ENFANT.
OH, MON CHÉRI, TU *ES* MON ENFANT.
TU ES MAGNIFIQUE, TOUT S'OFFRE À TOI. JE VAIS TE DONNER UNE VIE OÙ TU POURRAS DEVENIR QUI TU VEUX.
NON, LE RITUEL FONCTIONNE MIEUX SI TU ACCEPTES. JE T'ACCORDE UN SOUHAIT, TU M'ACCORDES UN FOYER.
IL FAUT QUE TU LE DISES, MAMAN...
IL FAUT QUE TU ME LAISSES ENTRER.
AAARRGH!
AARRGH!

MAMAN...

AAAAAHHH!
UNNGH!
THUD
NE T-T'APPROCHE PAS DE MON BÉBÉ !
JE SUIS TON BÉBÉ MAINTENANT, MAMAN. TU L'AS DIT. JE T'AI DAVANTAGE PROUVÉ MON AMOUR QUE CE SALE MIOCHE DANS TON VENTRE NE LE FERA JAMAIS.
JE PEUX PRENDRE SA PLACE. LE DÉCHIQUETER ET TE LE FAIRE EXPULSER MORCEAU PAR MORCEAU.
NON !
ON SERA TELLEMENT HEUREUX ENSEMBLE. JE NE GRANDIRAI JAMAIS, JE N'AURAI JAMAIS MAL, JAMAIS PEUR !
JE NE T'ABANDONNERAI JAMAIS.

THWAKK
NE TOUCHE PAS À MON BÉBÉ !
WAAAAH !
WAAM
MAMAN, S'IL TE PLAÎT...
J'AI BESOIN DE TOI POUR VIVRE.
TU AVAIS BESOIN D'AMOUR : JE SUIS VENU DES TÉNÈBRES OÙ JE VIVAIS, POUR TE REJOINDRE.
JE SUIS LIÉ À TOI. SI TU ME REJETTES, J'EN MOURRAI.
PARDON.
JE VOULAIS ÊTRE À L'ABRI. SIMPLEMENT ÊTRE À L'ABRI ET AU CHAUD...
KRRRKT

TOUT IRA BIEN, MON CŒUR. IL N'Y A PLUS QUE TOI ET MOI.
TOUT IRA BIEN.
BOOOOM
C'EST SI BEAU !

TED.
...
ALICE ?
C'EST UN GARÇON.
Pierrot

JE N'IRAIS PAS PLUS LOIN SI J'ÉTAIS VOUS !
PARDON. SI JE VOUS AVAIS FAIT VISITER, J'AURAIS EXPLIQUÉ. IL NE MÈNE QU'À DES ENNUIS, CE CHEMIN.
CERTAINS DISENT QUE TOUT L'HÔTEL EST COMME ÇA. JE NE SAIS PAS TROP.
JE CROIS QUE LES ENNUIS, ON LES AMÈNE AVEC SOI.
IL Y A DES TAS DE GENS QUI SE RÉFUGIENT ICI. MÊME S'ILS N'EN SONT PAS CONSCIENTS.
ILS FUIENT QUELQUE CHOSE OU VEULENT ENTERRER UN AFFREUX SECRET. MAIS ICI, C'EST À CROIRE QUE TOUT ÇA FINIT PAR LES RATTRAPER.
PARDON DE FAIRE TOUS CES MYSTÈRES ! J'IMAGINE QUE VOUS NE COMPRENEZ PAS GRAND-CHOSE À CE QUE JE VOUS RACONTE.
MAIS NE VOUS INQUIÉTEZ PAS...
ÇA VIENDRA.

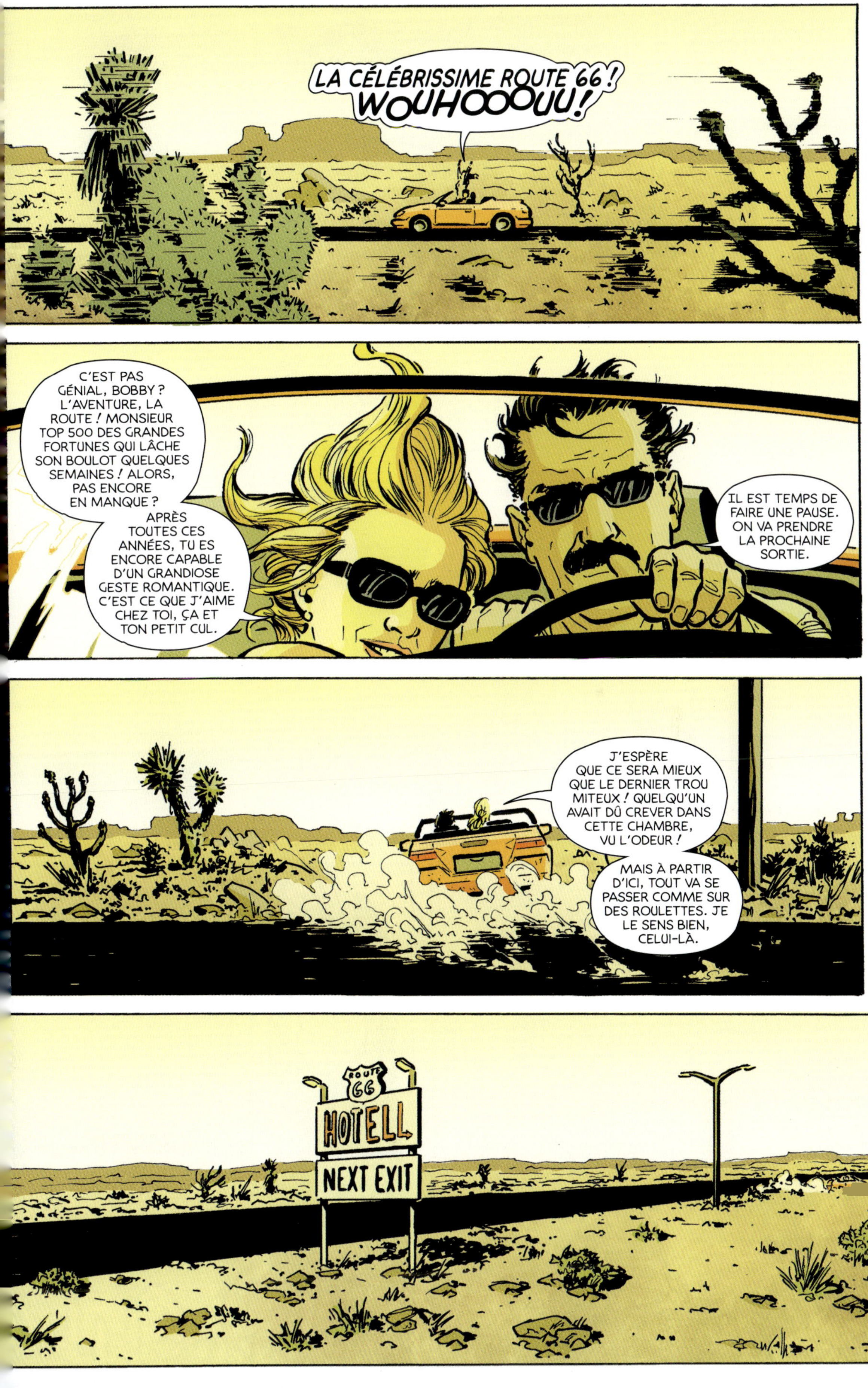

LA CÉLÉBRISSIME ROUTE 66 ! WOUHOOOUU !
C'EST PAS GÉNIAL, BOBBY ? L'AVENTURE, LA ROUTE ! MONSIEUR TOP 500 DES GRANDES FORTUNES QUI LÂCHE SON BOULOT QUELQUES SEMAINES ! ALORS, PAS ENCORE EN MANQUE ?
APRÈS TOUTES CES ANNÉES, TU ES ENCORE CAPABLE D'UN GRANDIOSE GESTE ROMANTIQUE. C'EST CE QUE J'AIME CHEZ TOI, ÇA ET TON PETIT CUL.
IL EST TEMPS DE FAIRE UNE PAUSE. ON VA PRENDRE LA PROCHAINE SORTIE.
J'ESPÈRE QUE CE SERA MIEUX QUE LE DERNIER TROU MITEUX ! QUELQU'UN AVAIT DÛ CREVER DANS CETTE CHAMBRE, VU L'ODEUR !
MAIS À PARTIR D'ICI, TOUT VA SE PASSER COMME SUR DES ROULETTES. JE LE SENS BIEN, CELUI-LÀ.
ROUTE 66
HOTELL
NEXT EXIT

JE PRENDS ENCORE UNE CHAMBRE UNE PERSONNE ? ON POURRAIT CROIRE QUE TU AS HONTE DE MOI.
JAMAIS. MAIS TU CONNAIS LA MUSIQUE, MURIEL. SI J'AI PU M'ABSENTER DU BUREAU, C'EST EN ME FAISANT PORTER PÂLE. OFFICIELLEMENT, JE NE SUIS JAMAIS VENU ICI.
Pierrot
COURTS
DANS CE CAS, J'IMAGINE QUE ÇA SERA UN INCONNU MYSTÉRIEUX ET SEXY QUE J'INVITERAI DANS MA CHAMBRE.
VROOOOO
SQQLLK

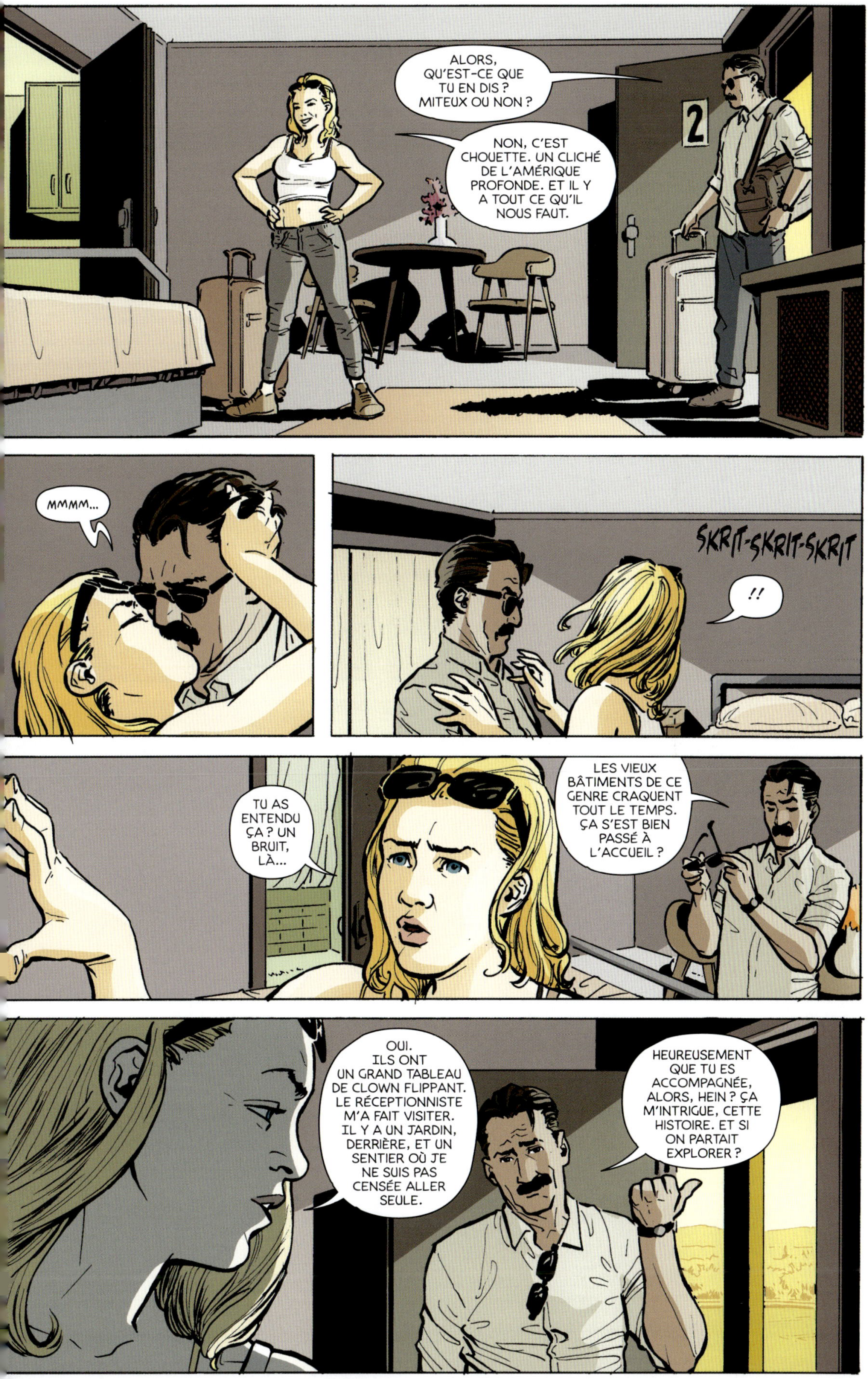
ALORS, QU'EST-CE QUE TU EN DIS ? MITEUX OU NON ?
NON, C'EST CHOUETTE. UN CLICHÉ DE L'AMÉRIQUE PROFONDE. ET IL Y A TOUT CE QU'IL NOUS FAUT.
2
MMMM...
SKRIT-SKRIT-SKRIT
!!
TU AS ENTENDU ÇA ? UN BRUIT, LÀ...
LES VIEUX BÂTIMENTS DE CE GENRE CRAQUENT TOUT LE TEMPS. ÇA S'EST BIEN PASSÉ À L'ACCUEIL ?
OUI. ILS ONT UN GRAND TABLEAU DE CLOWN FLIPPANT. LE RÉCEPTIONNISTE M'A FAIT VISITER. IL Y A UN JARDIN, DERRIÈRE, ET UN SENTIER OÙ JE NE SUIS PAS CENSÉE ALLER SEULE.
HEUREUSEMENT QUE TU ES ACCOMPAGNÉE, ALORS, HEIN ? ÇA M'INTRIGUE, CETTE HISTOIRE. ET SI ON PARTAIT EXPLORER ?

EN TOUTE FRANCHISE, QUAND JE PARLAIS D'AVENTURE, J'IMAGINAIS PLUS UNE PARTIE DE JAMBES EN L'AIR SUR LA BANQUETTE ARRIÈRE QUE L'EXPLORATION D'UNE FORÊT INTERDITE.
DIS DONC, LE TYPE AU CLOWN TE FAIT FLIPPER ? T'AS PAS PASSÉ L'ÂGE D'AVOIR PEUR DE TE FAIRE GRONDER ?
FACILE À DIRE POUR TOI ! PERSONNE NE SAIT QUE TU ES LÀ.
QUI AURAIT CRU TROUVER UN COIN COMME ÇA AU MILIEU DU DÉSERT ? UNE VRAIE PETITE OASIS !
POURTANT CE COMPLEXE HÔTELIER N'APPARAÎT NULLE PART, HEIN ? NI SUR LES BROCHURES NI SUR LES PLANS. MAIS IL EST LÀ, AU BOUT D'UNE PETITE ROUTE SECONDAIRE.
TU SAIS, L'AMÉRIQUE REGORGE--
L'AMÉRIQUE REGORGE--
COMME S'IL N'ATTENDAIT QUE NOUS.
NOTRE PETIT SECRET.
C'EST CE QUI REND L'IDÉE DE CETTE PETITE ESCAPADE SI FORMIDABLE : TROUVER TOUTES CES PETITES POCHES OUBLIÉES DE...
BOBBY, TU M'ÉCOUTES ? BOBBY ? BOBBY ? BOBBY ? ÇA VA ?
OUI, JE PENSAIS JUSTE... WOW.
TU AS DÉJÀ VU UN TRUC COMME ÇA ?

C'EST ÉPOUSTOUFLANT.

D'OÙ ÇA VIENT, CE PHÉNOMÈNE ? DES ALGUES DANS L'EAU, PEUT-ÊTRE, OU D'UNE ILLUSION D'OPTIQUE ?
PARFOIS, PEU IMPORTE LA RAISON, CHÉRIE. PROFITE DE LA MAGIE DE L'INSTANT.

VOILÀ. C'EST PARFAIT.

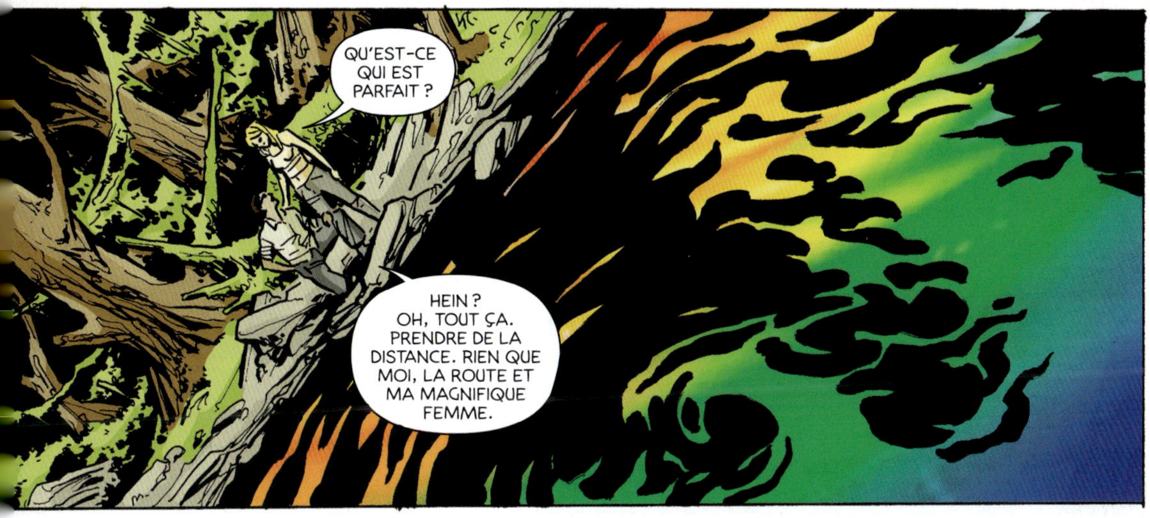
QU'EST-CE QUI EST PARFAIT ?
HEIN ? OH, TOUT ÇA. PRENDRE DE LA DISTANCE. RIEN QUE MOI, LA ROUTE ET MA MAGNIFIQUE FEMME.

"J'AI REMARQUÉ QU'UNE FILLE AVAIT LOUÉ LA CHAMBRE 1 QUAND ON EST REVENUS."
2
ENCEINTE, JE DIRAIS. ET SUR LE POINT D'ACCOUCHER.
C'EST PEUT-ÊTRE UN SIGNE, POUR QU'ON ESSAIE D'AVOIR UN ENFANT, HA HA HA.
...
OÙ EST-CE QU'ON VA ? TU PENSES À CE PETIT GRILL SUR LE CHEMIN ?
TU LE DÉCOUVRIRAS BIEN ASSEZ TÔT, CHÉRIE. LAISSE-MOI T'ADMIRER DE PLUS PRÈS.
OOOH, ET LE CHAMPAGNE EST DE SORTIE ! ON FÊTE QUELQUE CHOSE ?
EN FAIT, OUI.
AU TRAVAIL D'ÉQUIPE--
HÉ, ASSOCIATION DE MALFAITEURS, PLUTÔT ! TU TE RAPPELLES LA FOIS OÙ ON--
AU TRAVAIL D'ÉQUIPE. AUX MOMENTS DIFFICILES ENDURÉS CÔTE À CÔTE ET AUX BONS MOMENTS PARTAGÉS. ET À TOUS CEUX QUI VONT VENIR.
ALORS JE LÈVE MON VERRE !

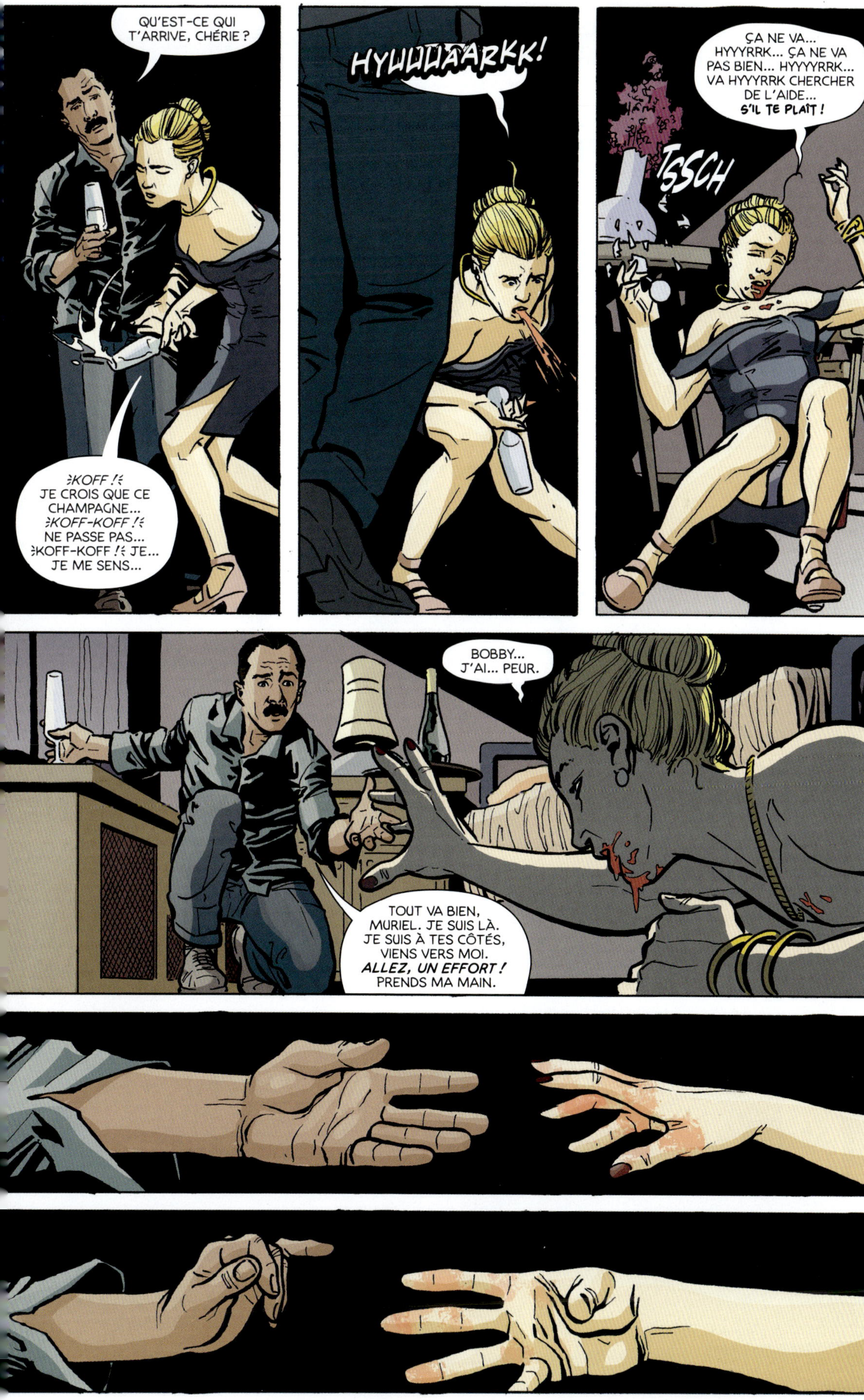
QU'EST-CE QUI T'ARRIVE, CHÉRIE ?
KOFF ! JE CROIS QUE CE CHAMPAGNE... KOFF-KOFF ! NE PASSE PAS... KOFF-KOFF ! JE... JE ME SENS...
HYUUUAARKK !
ÇA NE VA... HYYYRRK... ÇA NE VA PAS BIEN... HYYYYRRK... VA HYYYRRK CHERCHER DE L'AIDE... S'IL TE PLAÎT !
TSSCH
BOBBY... J'AI... PEUR.
TOUT VA BIEN, MURIEL. JE SUIS LÀ. JE SUIS À TES CÔTÉS, VIENS VERS MOI. ALLEZ, UN EFFORT ! PRENDS MA MAIN.

QU'EST-CE QUI SE PASSE ? LES MOTS TE MANQUENT, POUR UNE FOIS ?
JE DÉTESTE TA VOIX. JE DÉTESTE TA TRONCHE. JE TE DÉTESTE, *TOI.* JE VOULAIS QUE TU LE SACHES.
HYYYYYRRK... HYYYYYYYYRRRK...
HHHHHH....
SKRIT-SKRIT-SKRIT
ÇA ALORS, MURIEL ! JE L'ENTENDS AUSSI !

DOODLE-DEE-DOO-DOOOO...
BABA-DOO-BA-DOO-DIDDLY-DOOO...
COURTS
TAA-DAAA-DA-BUUM-BUUUUUM...
DUU-DUUUN-DA-DUUUDLE-DU-DEEEEEE.
QU'EST-CE QUE TU EN DIS, MURIEL ? UN PEU SALISSANT, JE CROIS. J'AI L'AIR D'UN TUEUR EN SÉRIE AVEC, NON ?
VOILÀ QUI EST MIEUX.

LA CERISE SUR LE GÂTEAU.
ZZZZIP
SSSSSS
SCRUB-SCRUB-SCRUB-
TU VOULAIS SAVOIR OÙ ON ALLAIT, MURIEL ? C'EST LE MOMENT DE LE DÉCOUVRIR.

HMMPH!
BLUB BLUB BLUB BLUB BLUB
ADIEU, MURIEL.

SSH
FFSSH-SSH
MERDE.
SALUT ! C'EST VOUS LA CLIENTE DE LA CHAMBRE 1, C'EST ÇA ? JE SUIS VOTRE VOISIN, BOBBY STANSFIELD, DE LA 2.

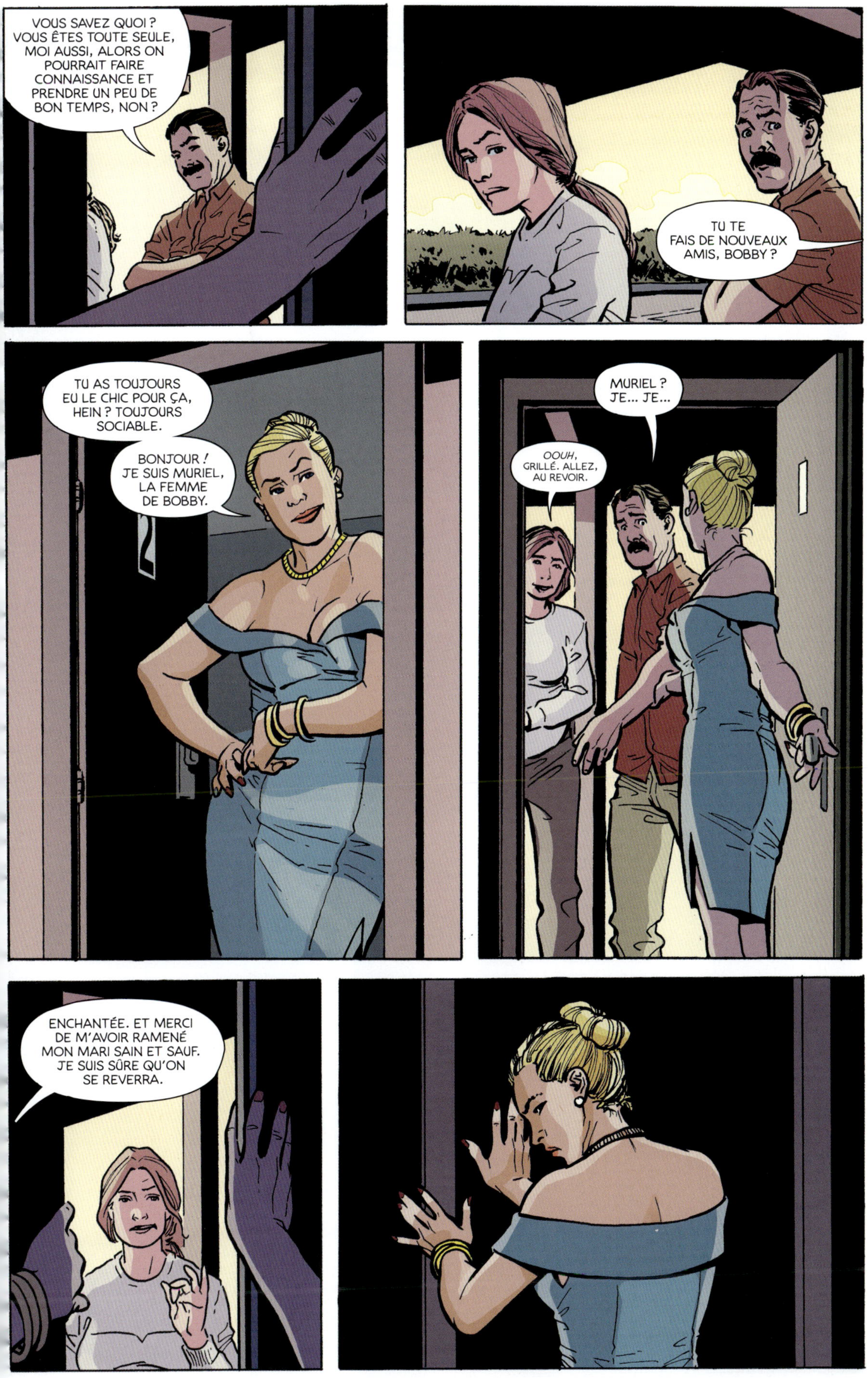
VOUS SAVEZ QUOI ? VOUS ÊTES TOUTE SEULE, MOI AUSSI, ALORS ON POURRAIT FAIRE CONNAISSANCE ET PRENDRE UN PEU DE BON TEMPS, NON ?
TU TE FAIS DE NOUVEAUX AMIS, BOBBY ?
TU AS TOUJOURS EU LE CHIC POUR ÇA, HEIN ? TOUJOURS SOCIABLE.
BONJOUR ! JE SUIS MURIEL, LA FEMME DE BOBBY.
MURIEL ? JE... JE...
OOUH, GRILLÉ. ALLEZ, AU REVOIR.
ENCHANTÉE. ET MERCI DE M'AVOIR RAMENÉ MON MARI SAIN ET SAUF. JE SUIS SÛRE QU'ON SE REVERRA.

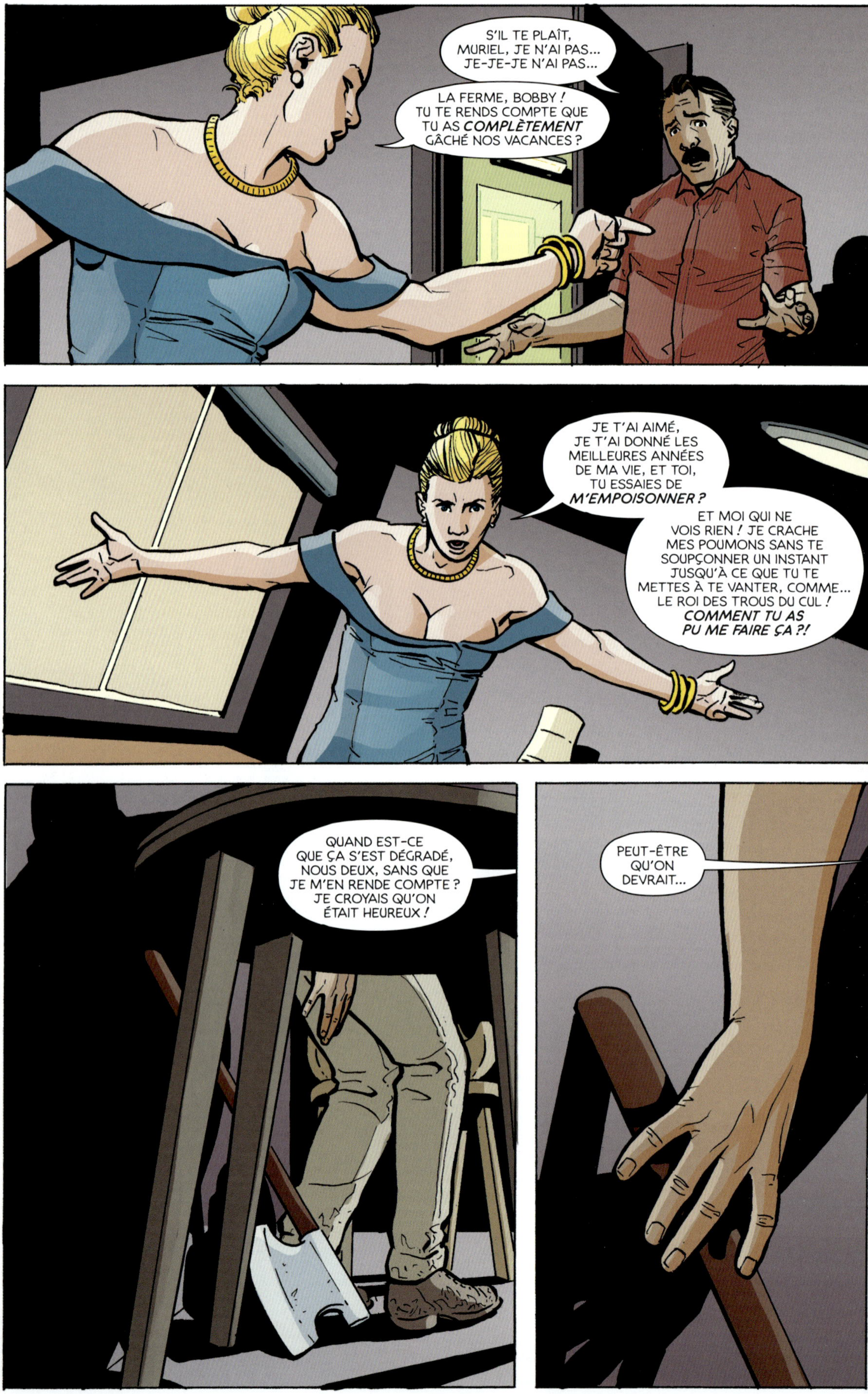
S'IL TE PLAÎT, MURIEL, JE N'AI PAS... JE-JE-JE N'AI PAS...
LA FERME, BOBBY ! TU TE RENDS COMPTE QUE TU AS *COMPLÈTEMENT* GÂCHÉ NOS VACANCES ?
JE T'AI AIMÉ, JE T'AI DONNÉ LES MEILLEURES ANNÉES DE MA VIE, ET TOI, TU ESSAIES DE *M'EMPOISONNER ?*
ET MOI QUI NE VOIS RIEN ! JE CRACHE MES POUMONS SANS TE SOUPÇONNER UN INSTANT JUSQU'À CE QUE TU TE METTES À TE VANTER, COMME... LE ROI DES TROUS DU CUL ! *COMMENT TU AS PU ME FAIRE ÇA ?!*
QUAND EST-CE QUE ÇA S'EST DÉGRADÉ, NOUS DEUX, SANS QUE JE M'EN RENDE COMPTE ? JE CROYAIS QU'ON ÉTAIT HEUREUX !
PEUT-ÊTRE QU'ON DEVRAIT...

SHUKK
FAPP
SSSSSS
AAAAH!
SHUKK
JE T'AI DÉJÀ TUÉE ! C'EST IMPOSSIBLE !
SHUKK
CRÈVE! CRÈVE! CRÈVE!

CETTE FOIS C'EST POUR DE BON. JE NE TE TOURNE PLUS LE DOS ! TU NE PEUX PAS REVENIR SI JE TE SURVEILLE.
PITIÉ, RESTE MORTE CETTE FOIS.
SHHLK
SHHHLLK
SSSKRRRR
SSSHH KIKIKIKIKIKI
KIKIKIKIKI
NOOOON !

... DEVRAIT PARLER DE TES SENTIMENTS. AIDE-MOI À COMPRENDRE COMMENT TU EN ES ARRIVÉ LÀ. CHEZ LE PSY, J'AI APPRIS À MOINS ME FOCALISER SUR MOI, À ME METTRE À LA PLACE DES AUTRES, J'AI...
HÉ... QU'EST-CE QUI T'EST ARRIVÉ ?
GLLFUUWUHRRGGC!
THUTT

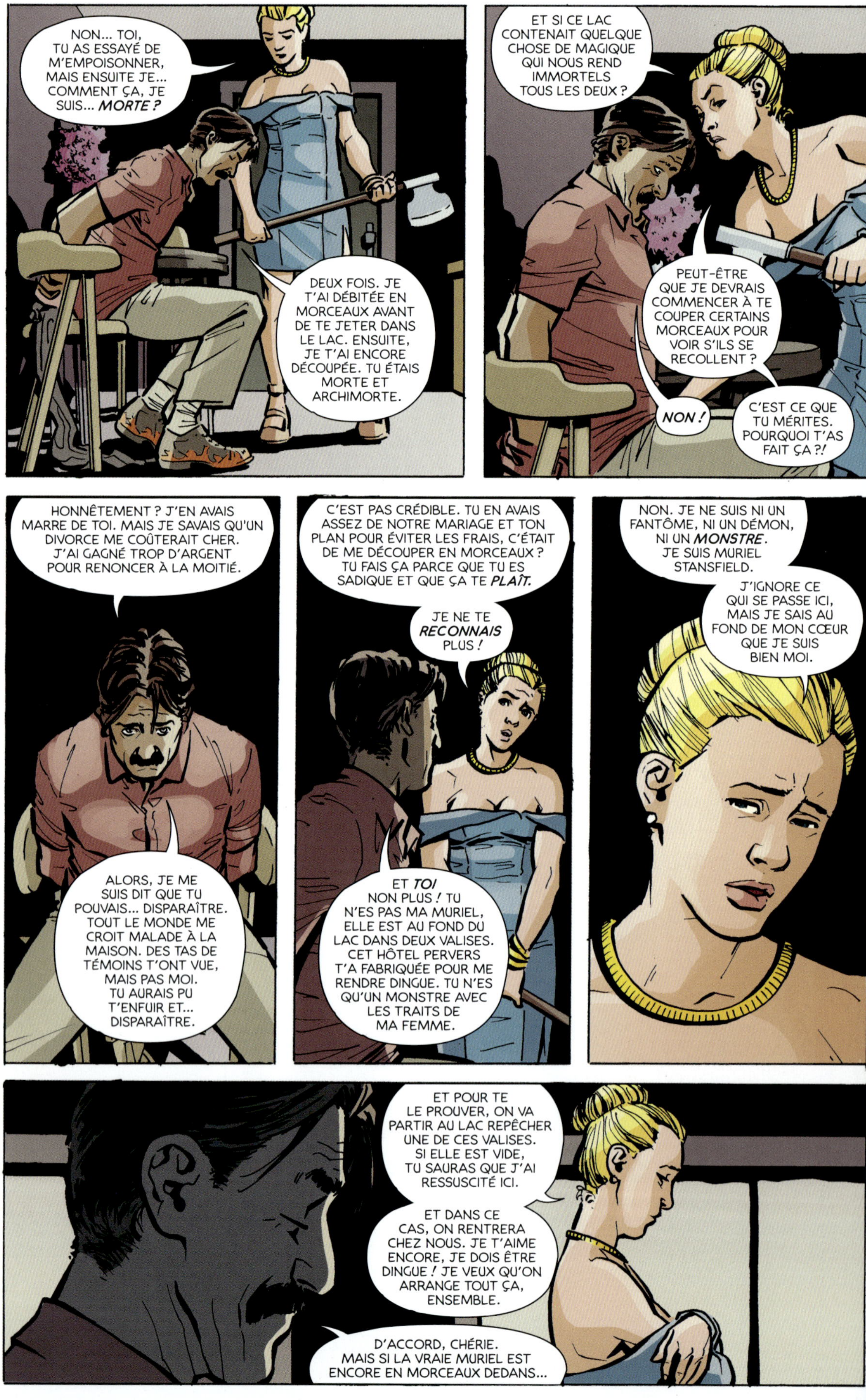
NON... TOI, TU AS ESSAYÉ DE M'EMPOISONNER, MAIS ENSUITE JE... COMMENT ÇA, JE SUIS... MORTE ?
DEUX FOIS. JE T'AI DÉBITÉE EN MORCEAUX AVANT DE TE JETER DANS LE LAC. ENSUITE, JE T'AI ENCORE DÉCOUPÉE. TU ÉTAIS MORTE ET ARCHIMORTE.
ET SI CE LAC CONTENAIT QUELQUE CHOSE DE MAGIQUE QUI NOUS REND IMMORTELS TOUS LES DEUX ?
PEUT-ÊTRE QUE JE DEVRAIS COMMENCER À TE COUPER CERTAINS MORCEAUX POUR VOIR S'ILS SE RECOLLENT ?
NON !
C'EST CE QUE TU MÉRITES. POURQUOI T'AS FAIT ÇA ?!
HONNÊTEMENT ? J'EN AVAIS MARRE DE TOI. MAIS JE SAVAIS QU'UN DIVORCE ME COÛTERAIT CHER. J'AI GAGNÉ TROP D'ARGENT POUR RENONCER À LA MOITIÉ.
ALORS, JE ME SUIS DIT QUE TU POUVAIS... DISPARAÎTRE. TOUT LE MONDE ME CROIT MALADE À LA MAISON. DES TAS DE TÉMOINS T'ONT VUE, MAIS PAS MOI. TU AURAIS PU T'ENFUIR ET... DISPARAÎTRE.
C'EST PAS CRÉDIBLE. TU EN AVAIS ASSEZ DE NOTRE MARIAGE ET TON PLAN POUR ÉVITER LES FRAIS, C'ÉTAIT DE ME DÉCOUPER EN MORCEAUX ? TU FAIS ÇA PARCE QUE TU ES SADIQUE ET QUE ÇA TE PLAÎT.
JE NE TE RECONNAIS PLUS !
ET TOI NON PLUS ! TU N'ES PAS MA MURIEL, ELLE EST AU FOND DU LAC DANS DEUX VALISES. CET HÔTEL PERVERS T'A FABRIQUÉE POUR ME RENDRE DINGUE. TU N'ES QU'UN MONSTRE AVEC LES TRAITS DE MA FEMME.
NON. JE NE SUIS NI UN FANTÔME, NI UN DÉMON, NI UN MONSTRE. JE SUIS MURIEL STANSFIELD.
J'IGNORE CE QUI SE PASSE ICI, MAIS JE SAIS AU FOND DE MON CŒUR QUE JE SUIS BIEN MOI.
ET POUR TE LE PROUVER, ON VA PARTIR AU LAC REPÊCHER UNE DE CES VALISES. SI ELLE EST VIDE, TU SAURAS QUE J'AI RESSUSCITÉ ICI.
ET DANS CE CAS, ON RENTRERA CHEZ NOUS. JE T'AIME ENCORE, JE DOIS ÊTRE DINGUE ! JE VEUX QU'ON ARRANGE TOUT ÇA, ENSEMBLE.
D'ACCORD, CHÉRIE. MAIS SI LA VRAIE MURIEL EST ENCORE EN MORCEAUX DEDANS...

"... J'AURAI LE DROIT DE TE NOYER DANS CE LAC."
L'EAU POURRAIT TRÈS BIEN ÊTRE RADIOACTIVE. JE NE CROIS PAS QUE CE SOIT JUDICIEUX DE PLONGER.
EH BIEN C'EST MOI QUI TIENS LA HACHE, ALORS PROFITE DE LA MAGIE DE L'INSTANT ET ESSAIE DE NE PAS BOIRE LA TASSE !
SPLOOSH
TA PEAU N'A PAS FONDU, C'EST PLUTÔT BON SIGNE.
BEUUURK !
FERME-LA ET AIDE-MOI À LA HISSER.
NNNNNNG!
PLUTÔT LOURD, HEIN ? ON AURAIT EU AUTANT DE MAL AVEC UNE VALISE VIDE, ABRUTIE ?
J'ESPÈRE QUE TU DIS VRAI ET QUE TU TE PRENDS VRAIMENT POUR MA MURIEL, PARCE QUE ÇA VA TE FAIRE UN CHOC ET JE SERAI RAVI DE VOIR ÇA !
ZZZZIP

GLLLUUAWRGH!
AAAAAAH! AAAAAAH!
AARRGHH!
ÇA ME TIENT ! AIDE-MOI, MURIEL, JE T'EN PRIE !
TIENS BON, BOBBY, JE NE LE LAISSERAI PAS T'EMPORTER. JE VAIS BIEN TROUVER MOYEN DE TE TIRER DE LÀ !
PRENDS MA MAIN.

NNNOOON!
ZZZZIP
AARRGGHHH!
AARRGGHHH!
BLUB BLUB BLUB BLUB
ADIEU, BOBBY.

-k e r o n - g r a n

ET VOILÀ, VOTRE CHAMBRE !
LE STRICT MINIMUM, JE SAIS. MAIS VOUS AVEZ UN LIT CONFORTABLE, UNE DOUCHE, LE PETIT COIN. ET AU BOUT DU COMPTE, C'EST TOUT CE DONT...
SKRIT- SKRIT- SKRIT
DÉSOLÉ POUR LE BRUIT. JE CROIS QU'ON A UNE BESTIOLE DANS LES MURS.
MAIS ELLE N'EN SORTIRA PAS PLUS QUE VOUS N'Y ENTREREZ, ALORS RIEN DE BIEN INQUIÉTANT EN DEHORS DE QUELQUES COUINEMENTS ET BRUITS DE PATTES !
QU'EST-CE QUE LES MURS PEUVENT BIEN CONTENIR D'AUTRE ? PARFOIS, JE ME DEMANDE S'ILS NE CONSERVENT PAS LES SOUVENIRS.
ET S'ILS ABSORBAIENT TOUS LES ÉVÉNEMENTS DÉSAGRÉABLES POUR LES DIFFUSER ENSUITE ? EST-CE QUE LE MAL LAISSE DES TACHES LÀ OÙ IL SE MANIFESTE, COMME DU VIN ROUGE SUR UN TAPIS ?
LA DERNIÈRE CLIENTE QUI A SÉJOURNÉ DANS CETTE CHAMBRE... JE PENSE QU'ELLE LE CROYAIT.

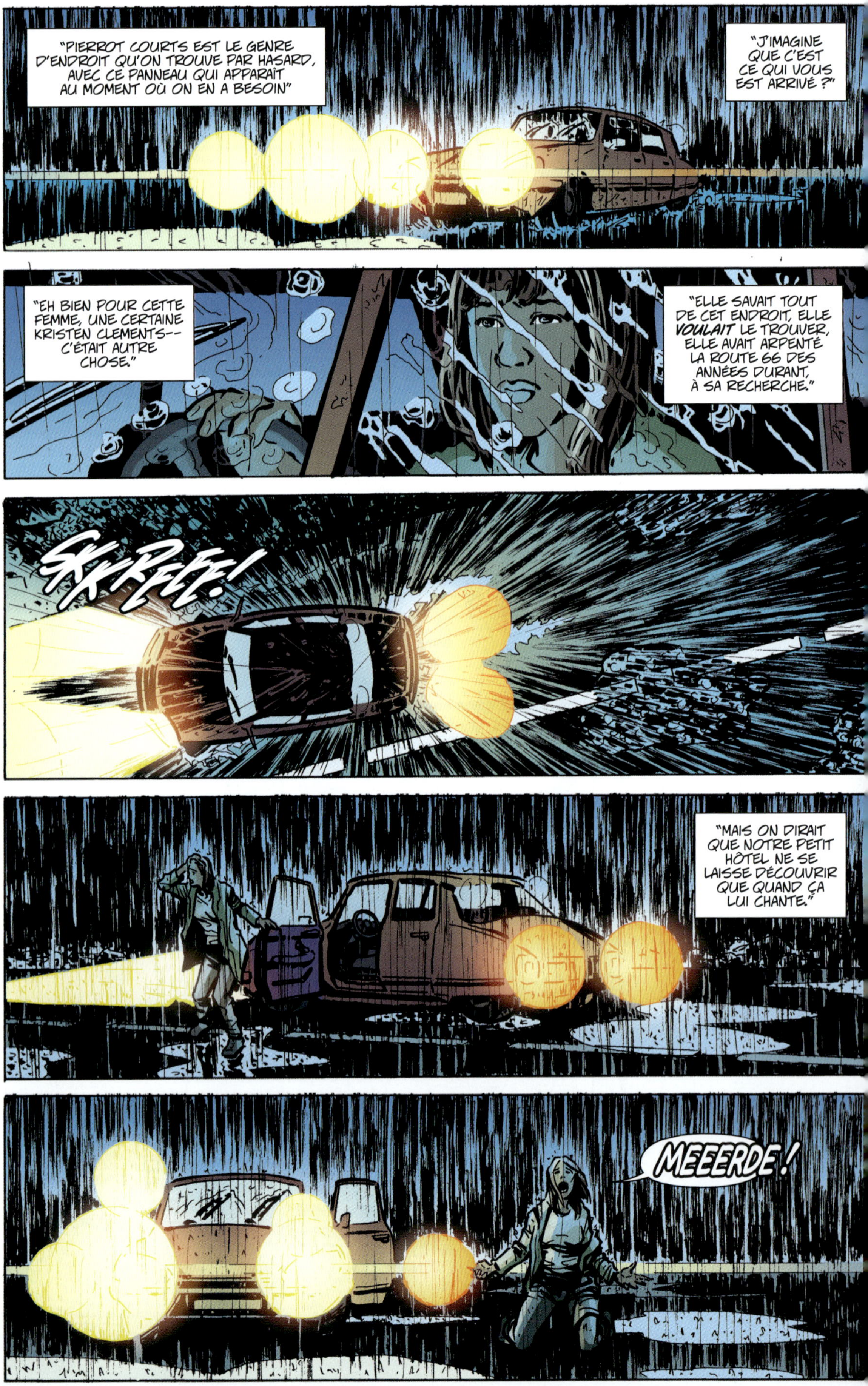
"PIERROT COURTS EST LE GENRE D'ENDROIT QU'ON TROUVE PAR HASARD, AVEC CE PANNEAU QUI APPARAÎT AU MOMENT OÙ ON EN A BESOIN"
"J'IMAGINE QUE C'EST CE QUI VOUS EST ARRIVÉ ?"
"EH BIEN POUR CETTE FEMME, UNE CERTAINE KRISTEN CLEMENTS-- C'ÉTAIT AUTRE CHOSE."
"ELLE SAVAIT TOUT DE CET ENDROIT, ELLE VOULAIT LE TROUVER, ELLE AVAIT ARPENTÉ LA ROUTE 66 DES ANNÉES DURANT, À SA RECHERCHE."
SKKREEE!
"MAIS ON DIRAIT QUE NOTRE PETIT HÔTEL NE SE LAISSE DÉCOUVRIR QUE QUAND ÇA LUI CHANTE."
MEEERDE !

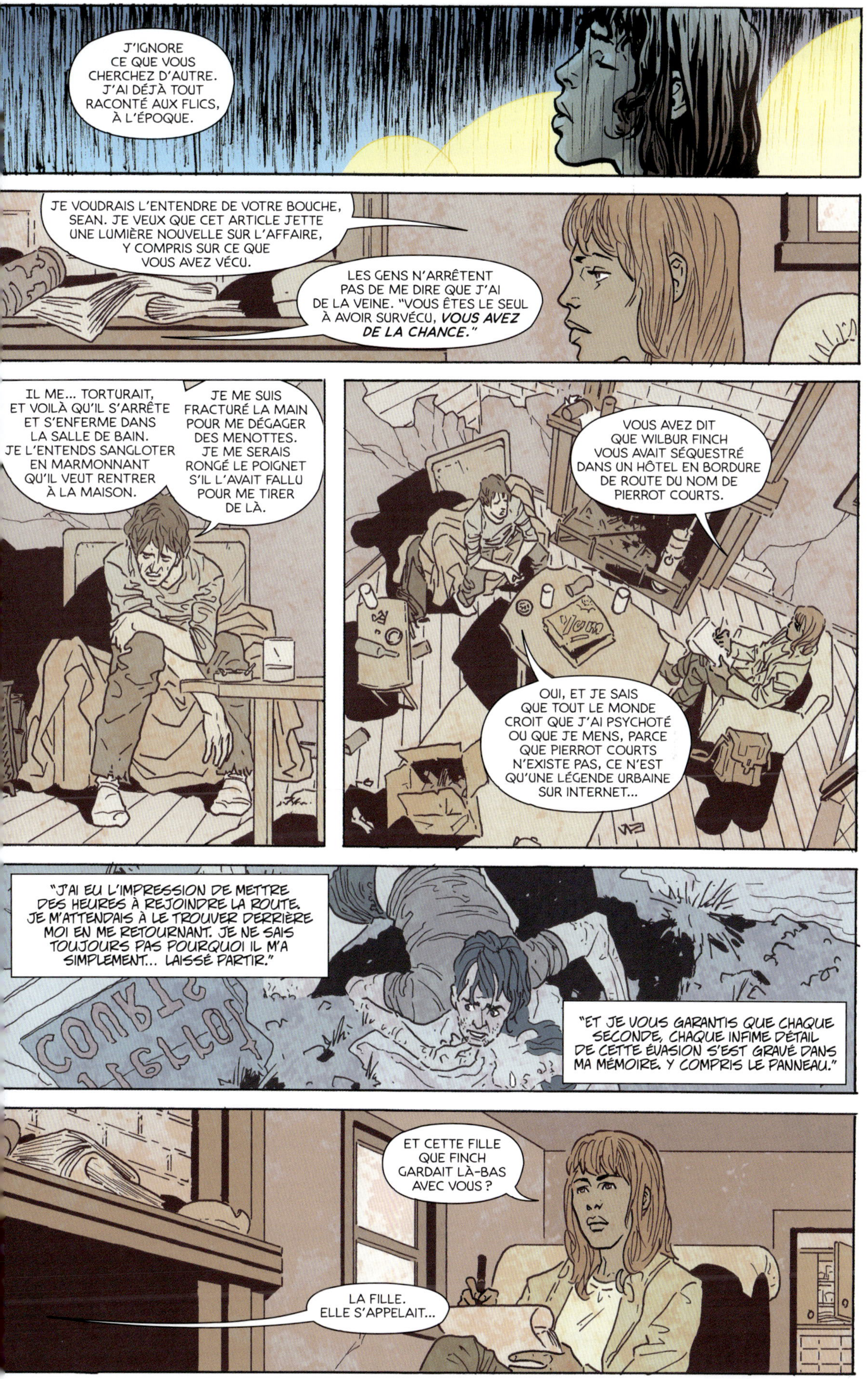
J'IGNORE CE QUE VOUS CHERCHEZ D'AUTRE. J'AI DÉJÀ TOUT RACONTÉ AUX FLICS, À L'ÉPOQUE.
JE VOUDRAIS L'ENTENDRE DE VOTRE BOUCHE, SEAN. JE VEUX QUE CET ARTICLE JETTE UNE LUMIÈRE NOUVELLE SUR L'AFFAIRE, Y COMPRIS SUR CE QUE VOUS AVEZ VÉCU.
LES GENS N'ARRÊTENT PAS DE ME DIRE QUE J'AI DE LA VEINE. "VOUS ÊTES LE SEUL À AVOIR SURVÉCU, ***VOUS AVEZ DE LA CHANCE.***"
IL ME... TORTURAIT, ET VOILÀ QU'IL S'ARRÊTE ET S'ENFERME DANS LA SALLE DE BAIN. JE L'ENTENDS SANGLOTER EN MARMONNANT QU'IL VEUT RENTRER À LA MAISON.
JE ME SUIS FRACTURÉ LA MAIN POUR ME DÉGAGER DES MENOTTES. JE ME SERAIS RONGÉ LE POIGNET S'IL L'AVAIT FALLU POUR ME TIRER DE LÀ.
VOUS AVEZ DIT QUE WILBUR FINCH VOUS AVAIT SÉQUESTRÉ DANS UN HÔTEL EN BORDURE DE ROUTE DU NOM DE PIERROT COURTS.
OUI, ET JE SAIS QUE TOUT LE MONDE CROIT QUE J'AI PSYCHOTÉ OU QUE JE MENS, PARCE QUE PIERROT COURTS N'EXISTE PAS, CE N'EST QU'UNE LÉGENDE URBAINE SUR INTERNET...
"J'AI EU L'IMPRESSION DE METTRE DES HEURES À REJOINDRE LA ROUTE. JE M'ATTENDAIS À LE TROUVER DERRIÈRE MOI EN ME RETOURNANT. JE NE SAIS TOUJOURS PAS POURQUOI IL M'A SIMPLEMENT... LAISSÉ PARTIR."
"ET JE VOUS GARANTIS QUE CHAQUE SECONDE, CHAQUE INFIME DÉTAIL DE CETTE ÉVASION S'EST GRAVÉ DANS MA MÉMOIRE. Y COMPRIS LE PANNEAU."
ET CETTE FILLE QUE FINCH GARDAIT LÀ-BAS AVEC VOUS ?
LA FILLE. ELLE S'APPELAIT...

LISA ?
RENDORS-TOI, KRISTEN. TU NE M'AS PAS VUE, D'ACCORD ?
LISA, C'EST ÇA. ON NE LES A PLUS REVUS, ELLE ET FINCH, DEPUIS CETTE NUIT. VOUS CROYEZ QU'ELLE SERAIT ENCORE LÀ-BAS, QUELQUE PART ?
ÇA C'EST ORIGINAL. ON ME PARLE SANS ARRÊT DE WILBUR...
LA RÉPONSE EST OUI, BIEN SÛR. J'IMAGINE QUE JE VAIS PASSER LE RESTE DE MA VIE À ATTENDRE QU'IL REVIENNE ME CHERCHER.
MAIS LISA ? JE NE LA CONNAISSAIS PAS BIEN. ON SORTAIT ENSEMBLE DEPUIS PEU. MAIS VOUS SAVEZ CE QUI M'EMPÊCHE DE DORMIR, EN PLUS DE GUETTER WILBUR À LA PORTE ?
IL M'A CHOPÉ LE PREMIER. ELLE AURAIT PU S'ENFUIR, MAIS IL BRAQUAIT UN PISTOLET SUR MOI EN DISANT QU'IL ME TUERAIT SI ELLE NE LE SUIVAIT PAS. IL L'A EUE À CAUSE DE MOI.
QUAND J'AI FINI PAR ME LIBÉRER, JE SUIS ARRIVÉ À LA PORTE ET LISA M'A REGARDÉ, TERRORISÉE. MAIS J'AI EU TROP PEUR QU'IL ME REPRENNE PENDANT QUE JE LA DÉTACHAIS. JE L'AI LAISSÉE.
JE NE ME LE PARDONNERAI JAMAIS. J'AIMERAIS CROIRE QU'ELLE EST PARTIE, MAIS AU FOND JE SAIS QUE...
LISA N'A JAMAIS QUITTÉ L'HÔTEL.

"J'AI DÉJÀ DIT QUE KRISTEN SAVAIT TOUT DE CET ENDROIT."
"MAIS C'EST FAUX. C'EST CE QU'ELLE S'IMAGINAIT, ELLE EN IGNORAIT QUASIMENT TOUT."
"SINON, EN VOYANT LA PANCARTE, ELLE SERAIT REMONTÉE EN HURLANT DANS SA VOITURE POUR FILER DANS LA DIRECTION OPPOSÉE."
ROUTE 66
HOTELL
"SI ELLE AVAIT *VRAIMENT* SU... ELLE AURAIT LAISSÉ TOMBER."

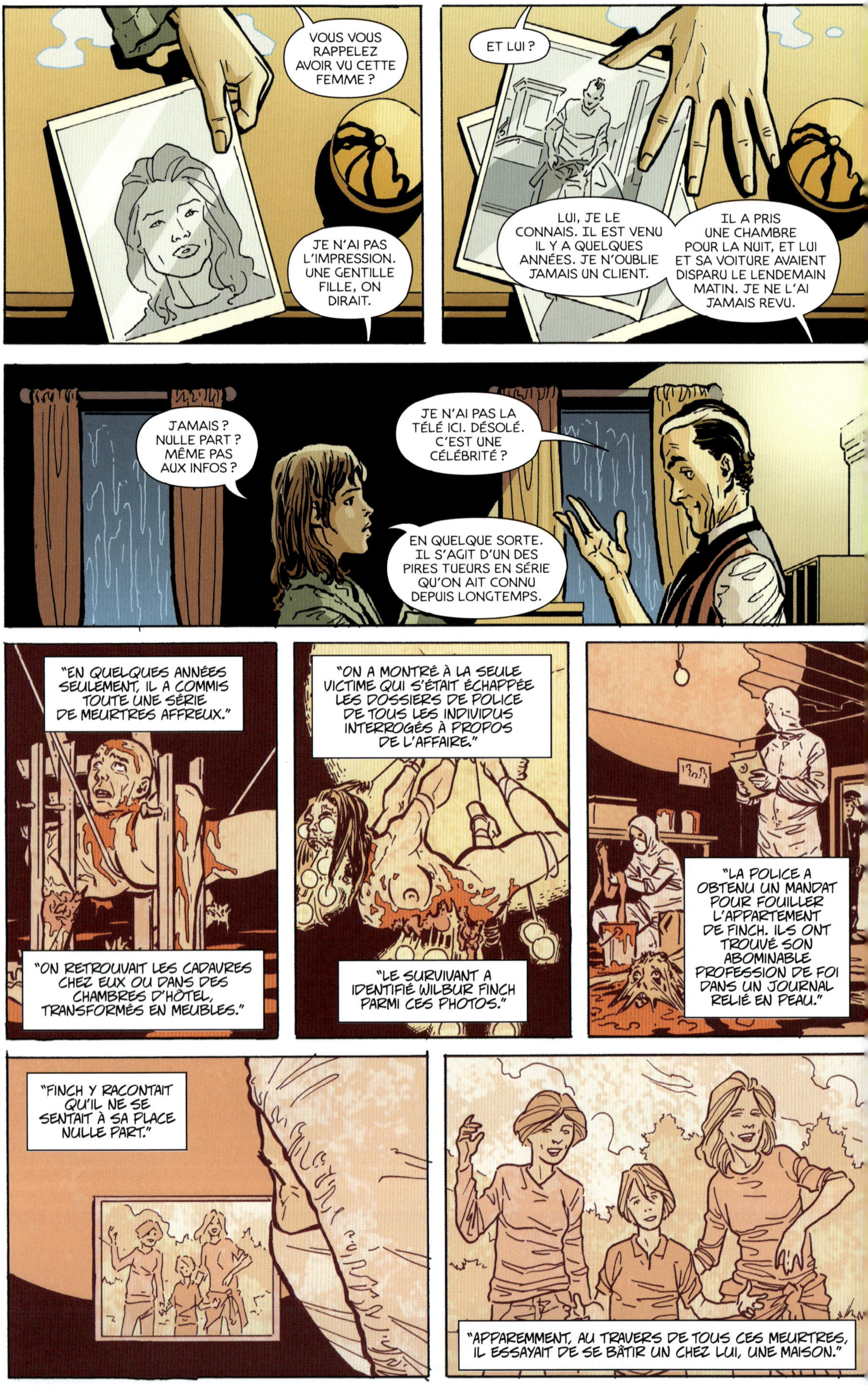
VOUS VOUS RAPPELEZ AVOIR VU CETTE FEMME ?
JE N'AI PAS L'IMPRESSION. UNE GENTILLE FILLE, ON DIRAIT.
ET LUI ?
LUI, JE LE CONNAIS. IL EST VENU IL Y A QUELQUES ANNÉES. JE N'OUBLIE JAMAIS UN CLIENT.
IL A PRIS UNE CHAMBRE POUR LA NUIT, ET LUI ET SA VOITURE AVAIENT DISPARU LE LENDEMAIN MATIN. JE NE L'AI JAMAIS REVU.
JAMAIS ? NULLE PART ? MÊME PAS AUX INFOS ?
JE N'AI PAS LA TÉLÉ ICI. DÉSOLÉ. C'EST UNE CÉLÉBRITÉ ?
EN QUELQUE SORTE. IL S'AGIT D'UN DES PIRES TUEURS EN SÉRIE QU'ON AIT CONNU DEPUIS LONGTEMPS.
"EN QUELQUES ANNÉES SEULEMENT, IL A COMMIS TOUTE UNE SÉRIE DE MEURTRES AFFREUX."
"ON RETROUVAIT LES CADAVRES CHEZ EUX OU DANS DES CHAMBRES D'HÔTEL, TRANSFORMÉS EN MEUBLES."
"ON A MONTRÉ À LA SEULE VICTIME QUI S'ÉTAIT ÉCHAPPÉE LES DOSSIERS DE POLICE DE TOUS LES INDIVIDUS INTERROGÉS À PROPOS DE L'AFFAIRE."
"LE SURVIVANT A IDENTIFIÉ WILBUR FINCH PARMI CES PHOTOS."
"LA POLICE A OBTENU UN MANDAT POUR FOUILLER L'APPARTEMENT DE FINCH. ILS ONT TROUVÉ SON ABOMINABLE PROFESSION DE FOI DANS UN JOURNAL RELIÉ EN PEAU."
"FINCH Y RACONTAIT QU'IL NE SE SENTAIT À SA PLACE NULLE PART."
"APPAREMMENT, AU TRAVERS DE TOUS CES MEURTRES, IL ESSAYAIT DE SE BÂTIR UN CHEZ LUI, UNE MAISON."

MAIS ON N'A JAMAIS RETROUVÉ FINCH. IL S'EST VOLATILISÉ. ON PENSE QU'IL COURT TOUJOURS, MÊME SI LES MEURTRES ONT CESSÉ.
LE DERNIER ENDROIT OÙ ON L'A VU ET D'OÙ S'EST ÉCHAPPÉ LE SURVIVANT, C'ÉTAIT PIERROT COURTS, EN BORDURE DE LA ROUTE 66.
QUELLE CHAMBRE AVAIT-IL LOUÉE ? JE VOUDRAIS LA VOIR.
VOUS ÊTES FLIC ?
NON, JOURNALISTE. J'ÉCRIS UN ARTICLE DE FOND SUR LES AFFAIRES NON...
SI VOUS N'AVEZ PAS DE MANDAT, JE NE PEUX RIEN VOUS MONTRER.
VOUS CACHEZ QUELQUE CHOSE, ET JE NE VOUS OUVRIRAI AUCUNE CHAMBRE SI VOUS NE ME DITES PAS POURQUOI TOUT ÇA COMPTE ***VRAIMENT*** À VOS YEUX.
JE M'APPELLE KRISTEN CLEMENTS. MA SŒUR, LISA, A ÉTÉ APERÇUE POUR LA DERNIÈRE FOIS DANS CET HÔTEL AVEC WILBUR FINCH.
JE NE L'AI PLUS REVUE DEPUIS QUE J'ÉTAIS GAMINE. CE N'EST PAS APRÈS FINCH QUE JE COURS DEPUIS DES ANNÉES, C'EST APRÈS ELLE. IL FAUT QUE JE SÉJOURNE DANS LA CHAMBRE OÙ IL L'A ENFERMÉE.
C'ÉTAIT LA CHAMBRE 3. JE VOUS Y CONDUIS, VOUS POURREZ CHERCHER, PRENDRE DES PHOTOS ET TOUT CE QUE VOUS VOULEZ. MAIS JE VOUS DEMANDE UNE CHOSE. ***S'IL VOUS PLAÎT...*** NE LOGEZ PAS ICI.
LES GENS QUI SOUFFRENT... CE LIEU NE LES ÉPARGNE PAS.
NON. JE CHERCHE CET HÔTEL DEPUIS TROP LONGTEMPS. IL FAUT QUE J'Y PASSE LA NUIT. SEULE. AVEC LISA.
JE SAIS QU'ELLE EST SANS DOUTE MORTE DEPUIS LONGTEMPS ET QUE LA PISTE S'ARRÊTE LÀ. MAIS SANS POUVOIR L'EXPLIQUER, J'AI L'IMPRESSION QU'EN RESTANT ICI...

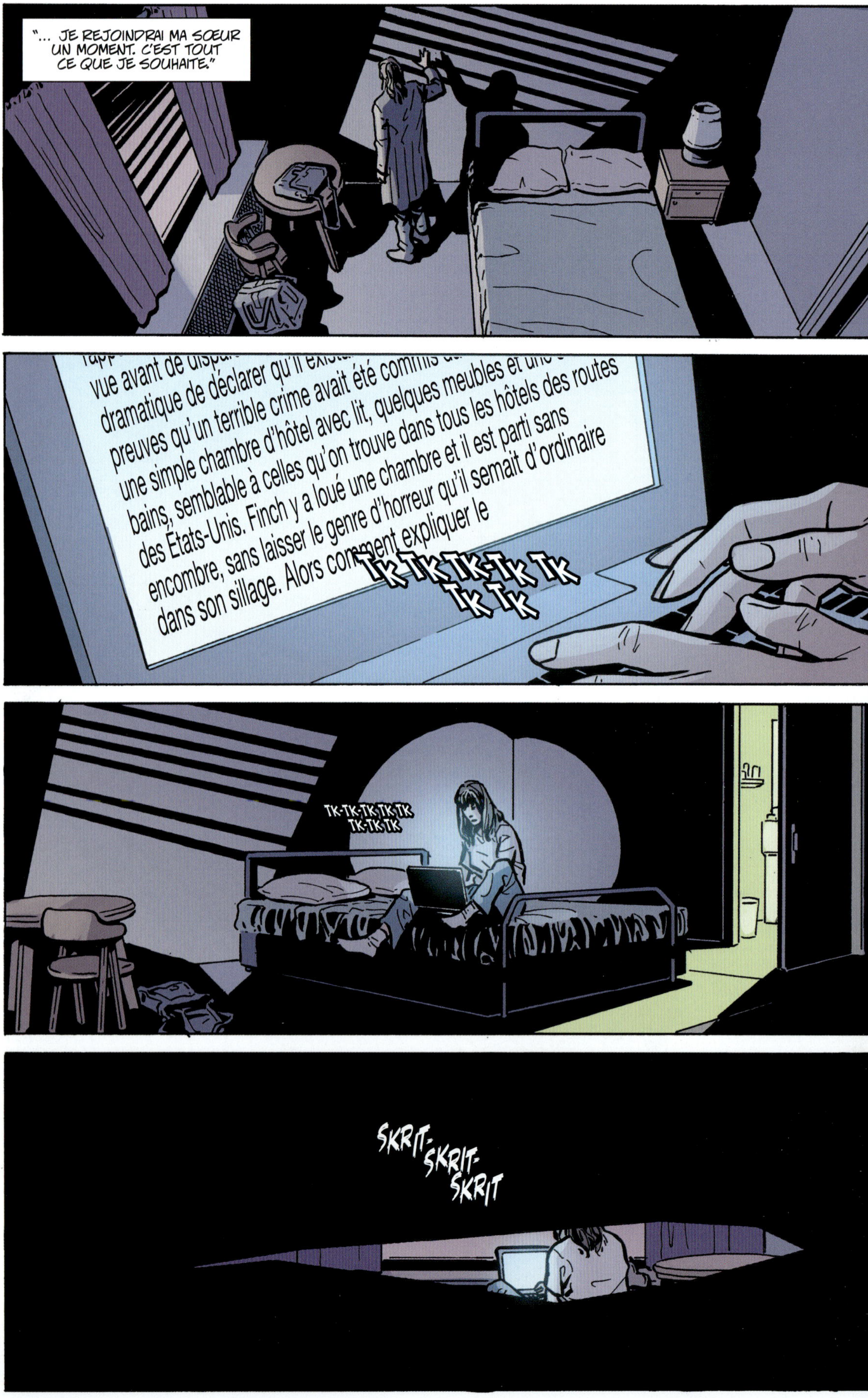
"... JE REJOINDRAI MA SOEUR UN MOMENT. C'EST TOUT CE QUE JE SOUHAITE."
vue avant de dispa
dramatique de déclarer qu'il exista
preuves qu'un terrible crime avait été commis da
une simple chambre d'hôtel avec lit, quelques meubles et une
bains, semblable à celles qu'on trouve dans tous les hôtels des routes
des États-Unis. Finch y a loué une chambre et il est parti sans
encombre, sans laisser le genre d'horreur qu'il semait d'ordinaire
dans son sillage. Alors comment expliquer le
TK TK TK-TK TK TK TK
TK-TK-TK TK TK TK-TK TK
SKRIT-SKRIT-SKRIT

!!!
LISA ? MAIS OÙ TU ÉTAIS PASSÉE TOUT CE TEMPS ?
QUOI ? LÀ-BAS ? LA CHAMBRE VOISINE ?
KRISTEN.
TU N'AURAIS JAMAIS DÛ VENIR. FICHE LE CAMP DU PIERROT COURTS.

AAH!
QUEL RÊVE TORDU...
LISA ?!
NOK NOK NOK
NOK! NOK!

NOK NOK NOK NOK
QU'EST-CE QUE VOUS VOULEZ ?!
JE LOGE DANS LA CHAMBRE 3, À CÔTÉ. J'AI ENTENDU FRAPPER AU MUR.
IL... IL Y A QUELQU'UN AVEC VOUS ?
PARDON D'AVOIR CRIÉ. JE... JE VOUS AI PRISE POUR QUELQU'UN D'AUTRE.
DÉSOLÉ QUE LES COUPS VOUS AIENT RÉVEILLÉE. C'ÉTAIT MON FILS. IL EST SOUFFRANT.
BONJOUR.
MES EXCUSES, MAIS JE DOIS M'OCCUPER DE MON FILS.
BIEN SÛR. NAVRÉE POUR LE DÉRANGEMENT.

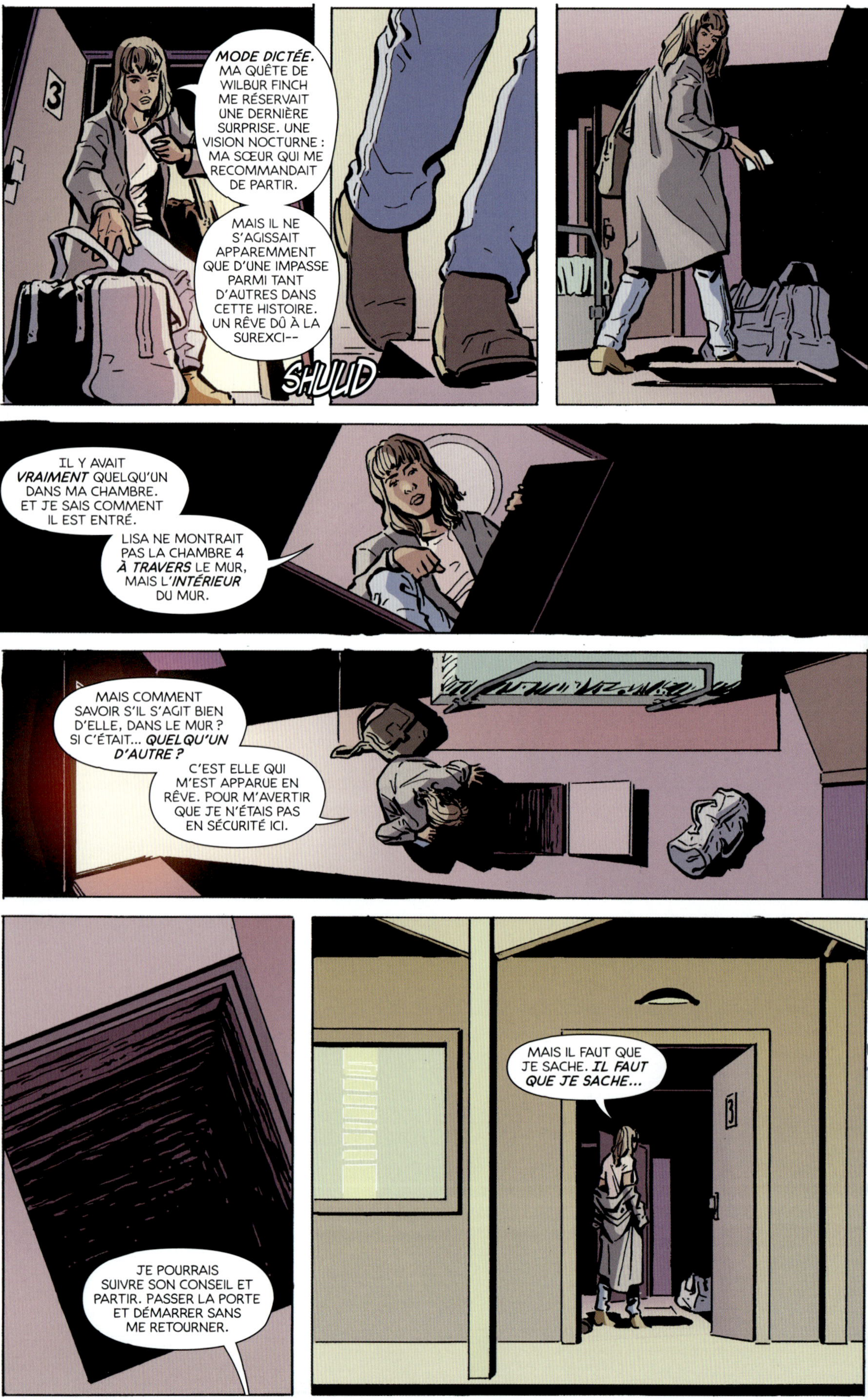
MODE DICTÉE. MA QUÊTE DE WILBUR FINCH ME RÉSERVAIT UNE DERNIÈRE SURPRISE. UNE VISION NOCTURNE : MA SŒUR QUI ME RECOMMANDAIT DE PARTIR.
MAIS IL NE S'AGISSAIT APPAREMMENT QUE D'UNE IMPASSE PARMI TANT D'AUTRES DANS CETTE HISTOIRE. UN RÊVE DÛ À LA SUREXCI--
SHUUD
3
IL Y AVAIT VRAIMENT QUELQU'UN DANS MA CHAMBRE. ET JE SAIS COMMENT IL EST ENTRÉ.
LISA NE MONTRAIT PAS LA CHAMBRE 4 À TRAVERS LE MUR, MAIS L'INTÉRIEUR DU MUR.
MAIS COMMENT SAVOIR S'IL S'AGIT BIEN D'ELLE, DANS LE MUR ? SI C'ÉTAIT... QUELQU'UN D'AUTRE ?
C'EST ELLE QUI M'EST APPARUE EN RÊVE. POUR M'AVERTIR QUE JE N'ÉTAIS PAS EN SÉCURITÉ ICI.
JE POURRAIS SUIVRE SON CONSEIL ET PARTIR. PASSER LA PORTE ET DÉMARRER SANS ME RETOURNER.
MAIS IL FAUT QUE JE SACHE. IL FAUT QUE JE SACHE...
3

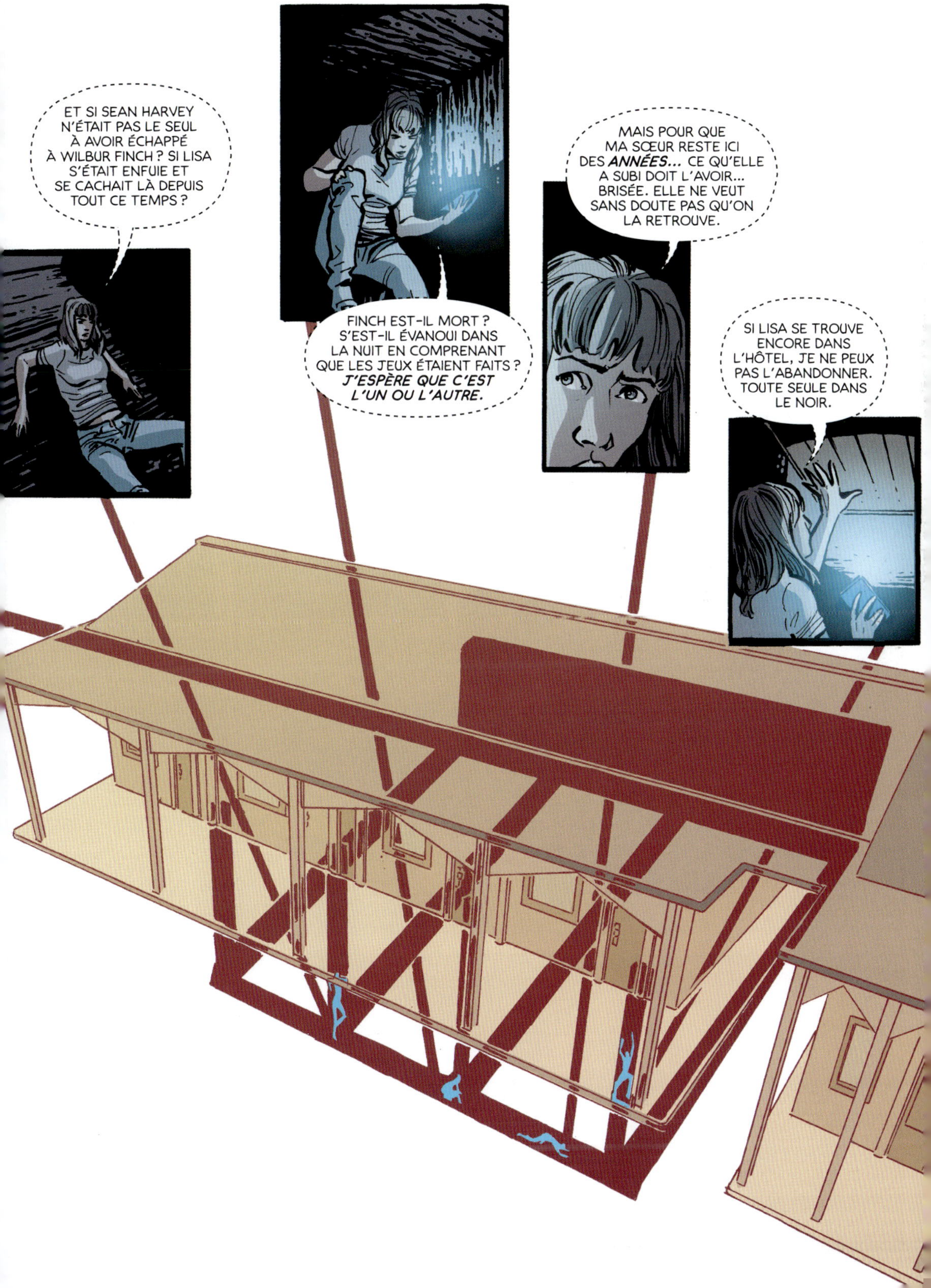

ET SI SEAN HARVEY N'ÉTAIT PAS LE SEUL À AVOIR ÉCHAPPÉ À WILBUR FINCH ? SI LISA S'ÉTAIT ENFUIE ET SE CACHAIT LÀ DEPUIS TOUT CE TEMPS ?
FINCH EST-IL MORT ? S'EST-IL ÉVANOUI DANS LA NUIT EN COMPRENANT QUE LES JEUX ÉTAIENT FAITS ? *J'ESPÈRE QUE C'EST L'UN OU L'AUTRE.*
MAIS POUR QUE MA SŒUR RESTE ICI DES *ANNÉES...* CE QU'ELLE A SUBI DOIT L'AVOIR... BRISÉE. ELLE NE VEUT SANS DOUTE PAS QU'ON LA RETROUVE.
SI LISA SE TROUVE ENCORE DANS L'HÔTEL, JE NE PEUX PAS L'ABANDONNER. TOUTE SEULE DANS LE NOIR.

NNG!
SKRIT-
SKRIT-
HEIN ?
UNE FEMME ET SON BÉBÉ.
UN EXAMEN APPROFONDI DE L'INTÉRIEUR DES MURS PROUVE CLAIREMENT QUE QUELQU'UN VIT ICI.
LISA, J'ESPÈRE.
KLIK
ET QUEL QUE SOIT L'OCCUPANT DES MURS, IL ESPIONNE LES CLIENTS.

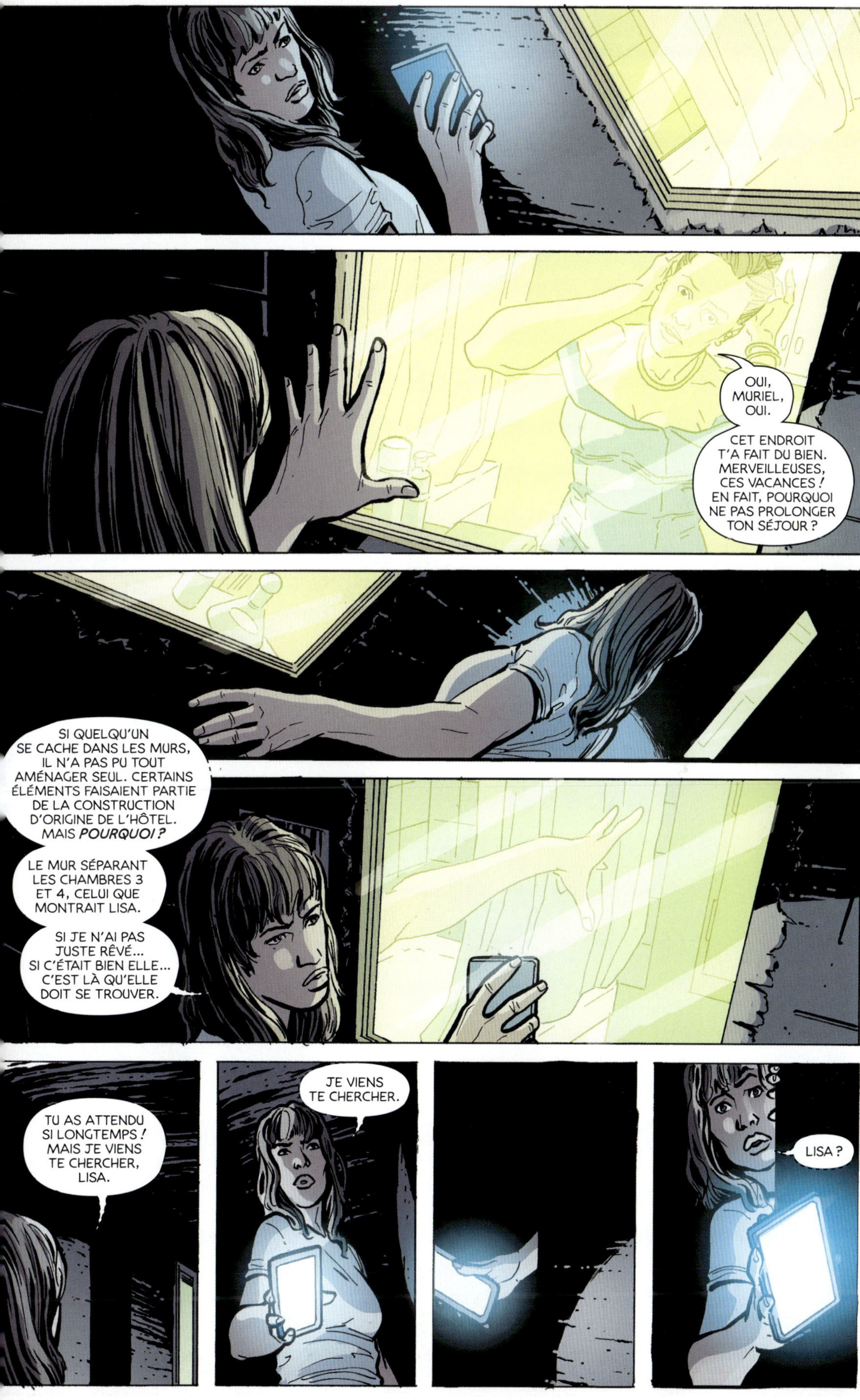
OUI, MURIEL, OUI.
CET ENDROIT T'A FAIT DU BIEN. MERVEILLEUSES, CES VACANCES ! EN FAIT, POURQUOI NE PAS PROLONGER TON SÉJOUR ?
SI QUELQU'UN SE CACHE DANS LES MURS, IL N'A PAS PU TOUT AMÉNAGER SEUL. CERTAINS ÉLÉMENTS FAISAIENT PARTIE DE LA CONSTRUCTION D'ORIGINE DE L'HÔTEL. MAIS ***POURQUOI*** ?
LE MUR SÉPARANT LES CHAMBRES 3 ET 4, CELUI QUE MONTRAIT LISA.
SI JE N'AI PAS JUSTE RÊVÉ... SI C'ÉTAIT BIEN ELLE... C'EST LÀ QU'ELLE DOIT SE TROUVER.
TU AS ATTENDU SI LONGTEMPS ! MAIS JE VIENS TE CHERCHER, LISA.
JE VIENS TE CHERCHER.
LISA ?

MMMMMMM!
MMMMMMM!
SKRIT-SKRIT-SKRIT

SORTIR... IL FAUT QUE JE SORTE...
QUE... QU'EST-CE QUE C'EST ?
C'EST ENCORE ALLUMÉ ?
AHHH... JE... IL Y A UNE PIÈCE DERRIÈRE LES MURS. ON DIRAIT L'ENTRÉE D'UN PASSAGE SOUTERRAIN.
MA SŒUR EST MORTE. ELLE ÉTAIT MORTE DEPUIS LE DÉBUT.
MAIS L'EMPREINTE DE MAIN SUR MON OREILLER ? LA TRAPPE ÉTAIT OUVERTE. J'AI VU LES GRIFFURES.
QUELQU'UN SE DÉPLACE DANS LES MURS. QUELQU'UN EST ENTRÉ DANS MA CHAMBRE. QUELQU'UN... VOULAIT QUE JE LE SUIVE ICI.
OH NON !

HFF!
HFF!
THUMM
THUMM
ALLEZ, ALLEZ !
C'EST FINCH !

SKRIT
SKRIT
SKRIT
SKRIT
SKRIT
SKRIT

MAISON.
AAAAAAAA
EEEAAAHH!
JE DEVIENS DINGUE.

À LA MAISON.
TIK
NO SERVICE

eron-grant-

VOUS... VOULEZ PARTIR ?
C'EST À CAUSE DES GRATT-GRATT-GRATT QUI VOUS EMPÊCHENT DE DORMIR, OU JUSTE D'UN *MAUVAIS PRESSENTIMENT*?
TOUT LE MONDE AFFIRME AVOIR UN *MAUVAIS PRESSENTIMENT* AU PIERROT COURTS. PARFOIS, JE ME DIS QUE CET ENDROIT EST L'INCARNATION MÊME DU *MAUVAIS PRESSENTIMENT*.
ILS PRÉTENDENT VOULOIR PARTIR, MAIS ILS NE LE FONT PAS. OU ILS EN SONT INCAPABLES. COMME PRISONNIERS D'UNE GRAVITÉ MALFAISANTE.
JE CROIS QU'IL Y A UNE RAISON À ÇA.
LE PIERROT COURTS OFFRE UNE OCCASION AUX VISITEURS. CELLE DE LIVRER UNE ULTIME BATAILLE CONTRE LES DÉMONS QUI LES ONT CONDUITS ICI.
JE VOUDRAIS POUVOIR DIRE QUE LES SEULS DÉMONS QU'ON TROUVE ICI SONT CEUX QU'ON Y AMÈNE. J'AIMERAIS BIEN, OUI...
CA NE VA PAS ?
AU LIEU DE LE REGARDER, REGARDEZ-MOI.
NON. VOUS N'IREZ NULLE PART. ÇA VA D'ABORD ÊTRE *VOTRE* TOUR, ET ENSUITE VOUS PARTIREZ.
OU PAS.

IL PARAÎT QUE L'ÉCLIPSE EST POUR DEMAIN.
OUI, LE TYPE DE L'ACCUEIL M'EN A PARLÉ. IL N'A PAS POSÉ TROP DE QUESTIONS, TANT MIEUX.
IL FAUT QU'ON LE FASSE MAINTENANT. VITE, PENDANT QUE PERSONNE NE NOUS VOIT.
DAVID, QU'EST-CE QUI VOUS PRÉOCCUPE ? MIEUX VAUT ÉVACUER VOS DOUTES AVANT DE PASSER À LA SUITE.
JE N'AI PAS DE DOUTE, MON PÈRE. C'EST JUSTE… JE VIENS DE ME RENDRE COMPTE. QUOI QU'IL ADVIENNE, ON NE PEUT PLUS RECULER.
JE SAIS QUE C'ÉTAIT DUR POUR VOUS. QUE VOUS AVEZ CONSENTI DE GRANDS SACRIFICES.
CERTAINS VOUS DÉTESTERONT POUR CE QUE VOUS AVEZ FAIT. ILS NOUS DÉTESTERONT POUR CE QUE NOUS NOUS APPRÊTONS À FAIRE. MAIS RAPPELEZ-VOUS…
LE SEIGNEUR EST AVEC VOUS.

OOF.
VOUS ÊTES CINGLÉS, TOUS LES DEUX. C'EST UN ENLÈVEMENT ! LIBÉREZ-MOI !
INSTALLONS LA CHOSE SUR LE LIT.

OÙ ON EST ? QU'EST-CE QUE VOUS ALLEZ ME FAIRE ?!
KLK
SILENCE. SI TU ESSAIES DE CRIER, JE REMETS LE BÂILLON.
TU SAIS QUE C'EST DU DÉLIRE. JE T'EN PRIE, AIDE-MOI.
MAIS ON T'AIDE, CODY. ON T'AIDE, CONTRAIREMENT À TOUS LES AUTRES.
NE PARLEZ PAS À LA CHOSE. ELLE CHERCHERA À DÉCELER VOS FAIBLESSES.
RAPPELEZ-VOUS CE QUE VOUS AVEZ À FAIRE.
SPPLT
MAINTENANT, COMMENÇONS.
SEIGNEUR, AIE PITIÉ.
JÉSUS, AIE PITIÉ.
SEIGNEUR, AIE PITIÉ.
JÉSUS, AIE PITIÉ.

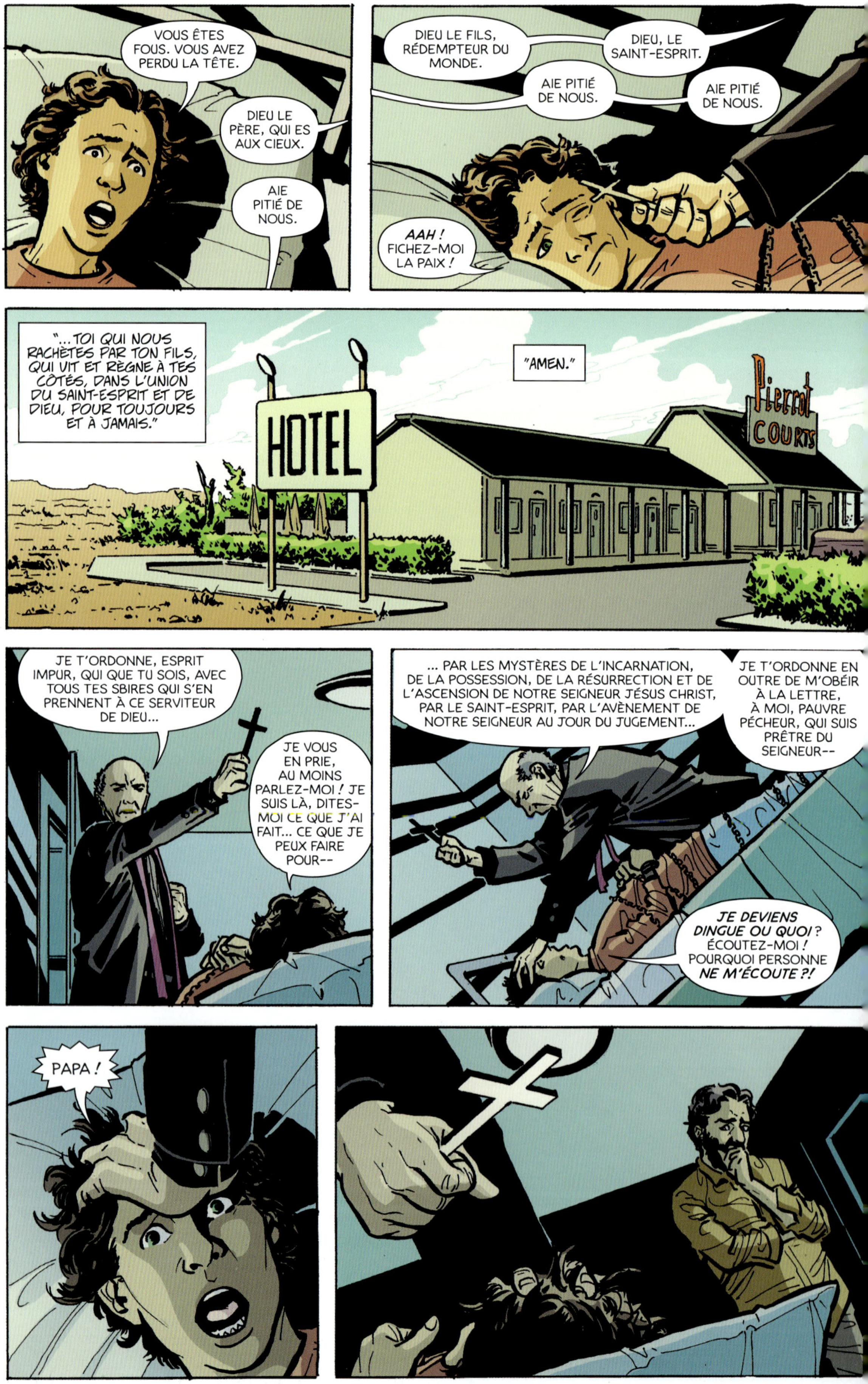
VOUS ÊTES FOUS. VOUS AVEZ PERDU LA TÊTE.
DIEU LE PÈRE, QUI ES AUX CIEUX.
AIE PITIÉ DE NOUS.
DIEU LE FILS, RÉDEMPTEUR DU MONDE.
DIEU, LE SAINT-ESPRIT.
AIE PITIÉ DE NOUS.
AIE PITIÉ DE NOUS.
AAH ! FICHEZ-MOI LA PAIX !
"...TOI QUI NOUS RACHÈTES PAR TON FILS, QUI VIT ET RÈGNE À TES CÔTÉS, DANS L'UNION DU SAINT-ESPRIT ET DE DIEU, POUR TOUJOURS ET À JAMAIS."
HOTEL
Pierrot COURTS
"AMEN."
JE T'ORDONNE, ESPRIT IMPUR, QUI QUE TU SOIS, AVEC TOUS TES SBIRES QUI S'EN PRENNENT À CE SERVITEUR DE DIEU...
JE VOUS EN PRIE, AU MOINS PARLEZ-MOI ! JE SUIS LÀ, DITES-MOI CE QUE J'AI FAIT... CE QUE JE PEUX FAIRE POUR--
... PAR LES MYSTÈRES DE L'INCARNATION, DE LA POSSESSION, DE LA RÉSURRECTION ET DE L'ASCENSION DE NOTRE SEIGNEUR JÉSUS CHRIST, PAR LE SAINT-ESPRIT, PAR L'AVÈNEMENT DE NOTRE SEIGNEUR AU JOUR DU JUGEMENT...
JE T'ORDONNE EN OUTRE DE M'OBÉIR À LA LETTRE, À MOI, PAUVRE PÉCHEUR, QUI SUIS PRÊTRE DU SEIGNEUR--
JE DEVIENS DINGUE OU QUOI ? ÉCOUTEZ-MOI ! POURQUOI PERSONNE NE M'ÉCOUTE ?!
PAPA !

TU N'OSERAS POINT NUIRE EN AUCUNE FAÇON À CETTE CRÉATURE DE DIEU, AUX PARTICIPANTS OU À LEUR...
VA TE FAIRE FOUTRE, ESPÈCE DE VIEUX TARÉ !
SILENCE, DÉMON !
THWAKK!
MON PÈRE, JE VOUS EN PRIE ! C'EST QUAND MÊME MON FILS !
QU'EST-CE QUE VOUS FAITES ?! JE VOUS AVAIS PRÉVENU QU'ON NE DEVAIT EN AUCUN CAS INTERROMPRE LE RITE D'EXORCISME.
VOUS AVEZ LEVÉ LA MAIN SUR LUI. JE NE PEUX PAS REGARDER SANS RIEN FAIRE, MON PÈRE... JE NE PEUX PAS.
REGARDEZ-LE. REGARDEZ CE QU'ON LUI INFLIGE.
CETTE CHOSE N'EST PAS VOTRE FILS.

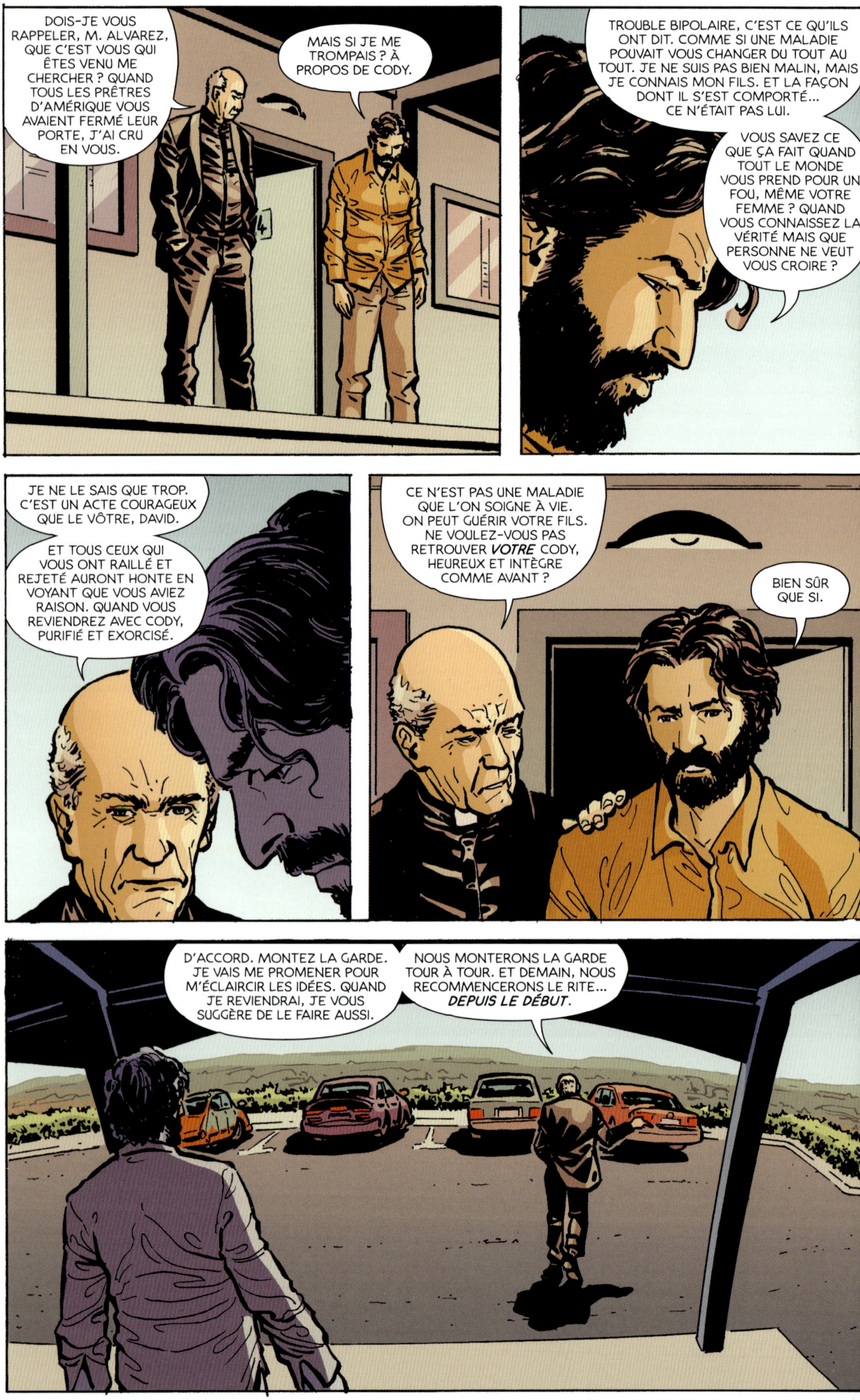
DOIS-JE VOUS RAPPELER, M. ALVAREZ, QUE C'EST VOUS QUI ÊTES VENU ME CHERCHER ? QUAND TOUS LES PRÊTRES D'AMÉRIQUE VOUS AVAIENT FERMÉ LEUR PORTE, J'AI CRU EN VOUS.
MAIS SI JE ME TROMPAIS ? À PROPOS DE CODY.
TROUBLE BIPOLAIRE, C'EST CE QU'ILS ONT DIT. COMME SI UNE MALADIE POUVAIT VOUS CHANGER DU TOUT AU TOUT. JE NE SUIS PAS BIEN MALIN, MAIS JE CONNAIS MON FILS. ET LA FAÇON DONT IL S'EST COMPORTÉ... CE N'ÉTAIT PAS LUI.
VOUS SAVEZ CE QUE ÇA FAIT QUAND TOUT LE MONDE VOUS PREND POUR UN FOU, MÊME VOTRE FEMME ? QUAND VOUS CONNAISSEZ LA VÉRITÉ MAIS QUE PERSONNE NE VEUT VOUS CROIRE ?
JE NE LE SAIS QUE TROP. C'EST UN ACTE COURAGEUX QUE LE VÔTRE, DAVID.
ET TOUS CEUX QUI VOUS ONT RAILLÉ ET REJETÉ AURONT HONTE EN VOYANT QUE VOUS AVIEZ RAISON. QUAND VOUS REVIENDREZ AVEC CODY, PURIFIÉ ET EXORCISÉ.
CE N'EST PAS UNE MALADIE QUE L'ON SOIGNE À VIE. ON PEUT GUÉRIR VOTRE FILS. NE VOULEZ-VOUS PAS RETROUVER *VOTRE* CODY, HEUREUX ET INTÈGRE COMME AVANT ?
BIEN SÛR QUE SI.
D'ACCORD. MONTEZ LA GARDE. JE VAIS ME PROMENER POUR M'ÉCLAIRCIR LES IDÉES. QUAND JE REVIENDRAI, JE VOUS SUGGÈRE DE LE FAIRE AUSSI.
NOUS MONTERONS LA GARDE TOUR À TOUR. ET DEMAIN, NOUS RECOMMENCERONS LE RITE... *DEPUIS LE DÉBUT*.

C'EST PLUS CONFORTABLE ?
JE SUIS TOUJOURS ENCHAÎNÉ, PAPA. RETAPER LES OREILLERS, IL N'Y A QUE *TOI* QUE ÇA RASSURE.
JE N'AI PAS PRIS MES MÉDICAMENTS DEPUIS QUE TU M'AS ENLEVÉ DANS LA RUE POUR ME FOURRER DANS TA VOITURE. ÇA FAIT COMBIEN DE TEMPS ? UNE JOURNÉE ?
PAPA... J'AI BESOIN DE MES PILULES.
NON, CODY, C'EST *FAUX*. TU N'EN AS JAMAIS EU BESOIN.
PAPA, NE RECOMMENCE PAS ! JE SUIS DÉSOLÉ DE NE PAS ÊTRE LE FILS QUE TU VOULAIS, MAIS C'EST MOI. C'EST COMME ÇA.
ON SE SERT DE TOI ! TU AS DÉNICHÉ LE SEUL TYPE QUI TE DISAIT CE QUE TU VOULAIS ENTENDRE, MAIS *LUI*, QU'EST-CE QU'IL VEUT ?
LE PÈRE VILLALOBOS VEUT NOUS AIDER, C'EST TOUT.
T'EN ES SÛR ? ENFIN, TU LE CONNAIS VRAIMENT ? IL T'A FORCÉ À M'ARRACHER À MAMAN, ET IL EST... VIOLENT.
ET POURQUOI VENIR ICI ? C'EST LUI QUI A VOULU S'ARRÊTER ICI, HEIN ?
JE VAIS TE DIRE QUELQUE CHOSE. JE ME DISAIS QUE CES TRUCS DE DÉMONS QUI T'OBSÈDENT TANT, C'ÉTAIT DU PIPEAU.
MAIS CET ENDROIT... IL EST *MALFAISANT*. JE LE SENS DEPUIS QU'ON EST ARRIVÉS. COMME S'IL VOULAIT NOUS *AVALER*. NE ME DIS PAS QUE TU NE RESSENS RIEN !

AIDE-MOI ! JE N'AI JAMAIS ENTENDU DE DÉMON DANS MA TÊTE AVANT DE VENIR, MAIS MAINTENANT IL Y A TOUTES CES VOIX ! *ILS SONT DANS LES MURS !*
PAPA, PITIÉ. IL FAUT QUE TU NOUS SORTES D'ICI AVANT QU'ILS NE ME PRENNENT. *PITIÉ !*
JE... JE NE SAIS PAS QUOI...
CODY !
WUK!
CODY, *ARRÊTE !*
QUELQUE CHOSE D'HORRIBLE APPROCHE ! ÇA VA FRAPPER À LA PORTE, ET ENSUITE ÇA VIENDRA TOUS NOUS CHERCHER !
NOK NOK NOK NOK
C'EST ÇA ? C'EST DÉJÀ LÀ ?
QU'EST-CE QUE VOUS VOULEZ ?!
4

JE LOGE DANS LA CHAMBRE 3, À CÔTÉ. J'AI ENTENDU FRAPPER AU MUR.
IL... IL Y A QUELQU'UN AVEC VOUS ?
PARDON D'AVOIR CRIÉ. JE... JE VOUS AI PRISE POUR QUELQU'UN D'AUTRE.
DÉSOLÉ QUE LES COUPS VOUS AIENT RÉVEILLÉE. C'ÉTAIT MON FILS. IL EST SOUFFRANT.
BONJOUR.
MES EXCUSES, MAIS JE DOIS M'OCCUPER DE MON FILS.
BIEN SÛR. NAVRÉE POUR LE DÉRANGEMENT.
TU AURAIS PU PARLER À CETTE FEMME MAIS TU N'AS RIEN DIT. POURQUOI ?
POUR QU'ELLE APPELLE LA POLICE ET QU'ON TE METTE EN PRISON ? CE N'EST PAS CE QUE JE VEUX. JE VEUX QUE TU ME RAMÈNES CHEZ NOUS ET QU'ON REDEVIENNE UNE FAMILLE.
MOI AUSSI. MAIS LE PÈRE VILLALOBOS NE LE PERMETTRA PAS.
IL N'A QU'À RESTER, LUI.

HOTEL
SKRIT-SKRIT-SKRIT
ÇA RECOMMENCE ! VOUS AVEZ ENTENDU ?
JE N'AI RIEN À TE DIRE.
ALORS ÉCOUTEZ, C'EST IMPORTANT : IL FAUT QUE JE VOUS EN PARLE AVANT SON RÉVEIL.
J'AI COMPRIS, D'ACCORD ? VOUS AVEZ LA FOI. VOUS PENSEZ QUE TOUT CE QUE VOUS ME FAITES SUBIR, C'EST POUR SAUVER MON ÂME.
MAIS VOUS NE CONNAISSEZ PAS TOUTE L'HISTOIRE.
J'AIME MON PÈRE... MAIS IL EST FOU. CETTE HISTOIRE DE DÉMON, C'EST NOUVEAU. IL Y A DES PARENTS QUI VEULENT QUE LEUR ENFANT SOIT MALADE... LUI, IL VEUT QUE LE SIEN SOIT POSSÉDÉ. JE FAISAIS DU SOMNAMBULISME, QUAND J'ÉTAIS PETIT-- ET IL CROYAIT QUE C'ÉTAIT LE DIABLE, ÇA AUSSI.
ÇA S'EST AGGRAVÉ, RÉGULIÈREMENT. IL A CES SAUTES D'HUMEUR OÙ IL DEVIENT ENRAGÉ. MAMAN CRAIGNAIT POUR NOTRE SÉCURITÉ, ET ELLE A VOULU S'ÉLOIGNER DE LUI.
ET QUAND IL VERRA QU'IL N'OBTIENT PAS DE TÊTE QUI TOURNE ET DE VOMI VERT, IL SE RETOURNERA CONTRE VOUS. SI VOUS NE FAITES PAS QUELQUE CHOSE, NOUS SOMMES TOUS DEUX EN DANGER.
PAPA M'A RACONTÉ QUE VOUS AVIEZ EU DES ENNUIS. QUE VOUS ÉTIEZ TOMBÉ EN DISGRÂCE. À PROPOS DE CE GOSSE QUI EST MORT À JUÁREZ.
JE SAIS QUE VOUS VOULEZ VRAIMENT VOUS RACHETER, MAIS PAS COMME ÇA.
JE... JE...

JE N'AI JAMAIS PARLÉ À DAVID DU GARÇON DE JUÁREZ. JE N'EN AI JAMAIS PARLÉ À QUICONQUE DEPUIS CE JOUR.
C'EST BIZARRE, JE SUIS SÛR QU'IL... SÛR QUE MON PÈRE, IL... QU'IL A DIT...
PFFFFFT... HA HA HA ! PARDON... HA HA HA ! UNE SECONDE, PARDON... HÉ HÉ HÉ HÉ HÉ !
HA HA HA HA HA HA HA HA HA!
QU'EST-CE QUI SE PASSE ?
NOUS ATTEIGNONS LE POINT DE RUPTURE. C'EST MAINTENANT QUE L'AFFRONTEMENT COMMENCE.
HAHAHAHAAAAAARGGH!

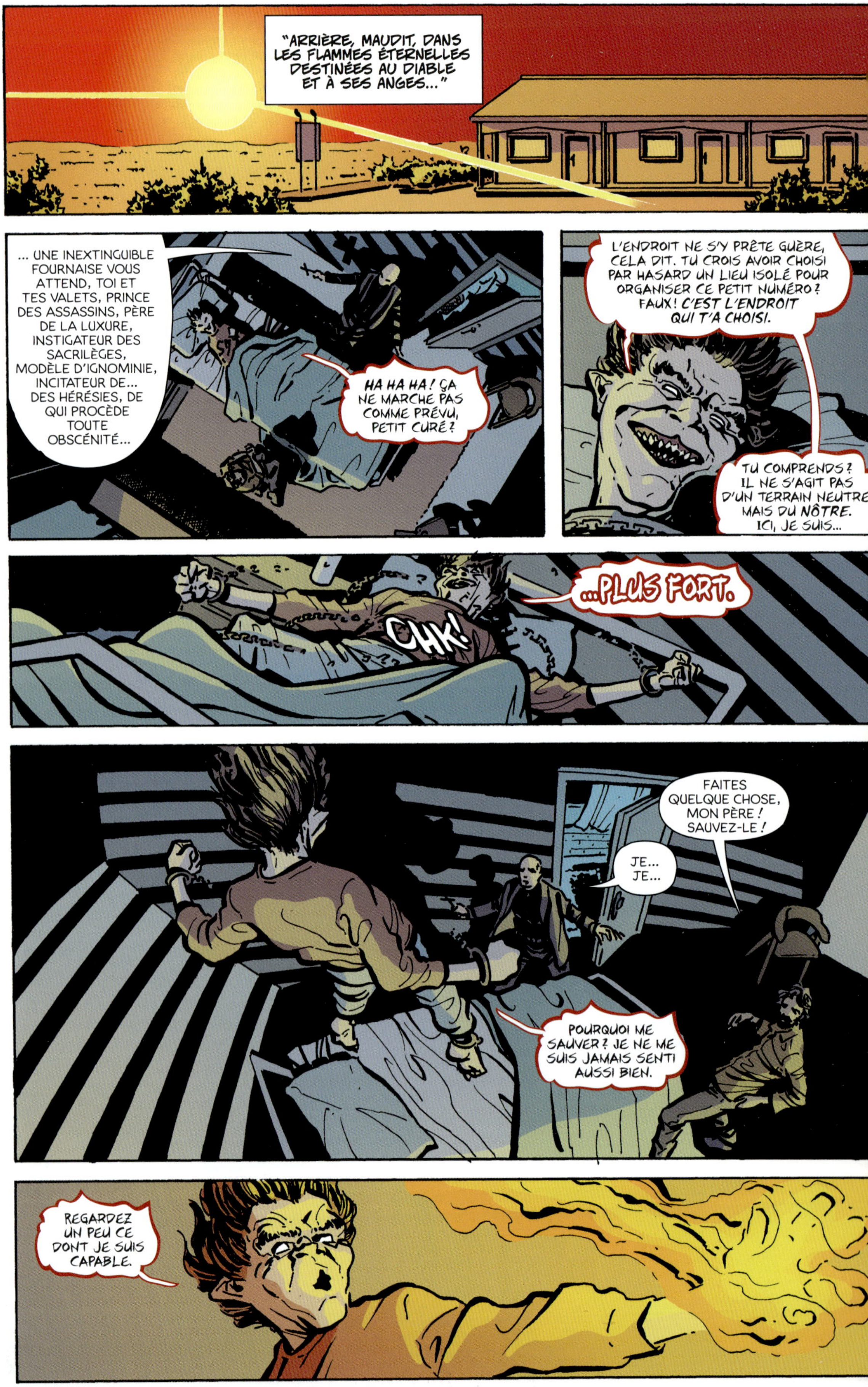
"ARRIÈRE, MAUDIT, DANS LES FLAMMES ÉTERNELLES DESTINÉES AU DIABLE ET À SES ANGES..."
... UNE INEXTINGUIBLE FOURNAISE VOUS ATTEND, TOI ET TES VALETS, PRINCE DES ASSASSINS, PÈRE DE LA LUXURE, INSTIGATEUR DES SACRILÈGES, MODÈLE D'IGNOMINIE, INCITATEUR DE... DES HÉRÉSIES, DE QUI PROCÈDE TOUTE OBSCÉNITÉ...
HA HA HA ! ÇA NE MARCHE PAS COMME PRÉVU, PETIT CURÉ ?
L'ENDROIT NE S'Y PRÊTE GUÈRE, CELA DIT. TU CROIS AVOIR CHOISI PAR HASARD UN LIEU ISOLÉ POUR ORGANISER CE PETIT NUMÉRO ? FAUX ! C'EST L'ENDROIT QUI T'A CHOISI.
TU COMPRENDS ? IL NE S'AGIT PAS D'UN TERRAIN NEUTRE, MAIS DU NÔTRE. ICI, JE SUIS...
...PLUS FORT.
CHK!
FAITES QUELQUE CHOSE, MON PÈRE ! SAUVEZ-LE !
JE... JE...
POURQUOI ME SAUVER ? JE NE ME SUIS JAMAIS SENTI AUSSI BIEN.
REGARDEZ UN PEU CE DONT JE SUIS CAPABLE.

AAARRGH!
4
CODY, S-S'IL TE PLAÎT...
CODY EST PARTI. ENTERRÉ POUR DE BON.
CET ENDROIT EST À MOI À PRÉSENT, LE SIÈGE DE MON POUVOIR, ET IL VA BRÛLER.

ON FAIT LA TÊTE? CE N'EST PAS CE QUE TU VOULAIS? TU VOIS, TU AVAIS RAISON!
C'EST TOUT TON AMOUR INUTILE QUI M'A AMENÉ DANS CET HÔTEL. ALLEZ, VIENS QUE JE TE REMERCIE, PAPA.
OH.
QUE JE TE REMERCIE POUR TOUJOURS ET À JAMAIS.
OH NON.

DUUM
DUUM
DUUM
QUELQUE CHOSE APPROCHE.
DUUM
NOK
NOK
NOK

NON... NON, PITIÉ. NE FAITES PAS DE MAL À MON FILS. *NONNONPITIÉNON--*
SCHLOOOP
HÉ, J'ALLAIS LE MANGER !
TU DOIS ÊTRE DU COIN, TOI. ÇA REGORGE D'ÉNERGIE ICI, JE N'AI JAMAIS RIEN SENTI DE TEL. ET ÇA M'APPARTIENT À PRÉSENT.
INCLINE-TOI DEVANT MOI. TON PETIT HÔTEL SERA RÉDUIT EN CENDRE POUR ALIMENTER MA FLAMME ÉTERNELLE.
ELLE SE RÉPANDRA DE PAR LE MONDE, CAR JE SUIS LE SEIGNEUR DU BRASIER INFINI, PORTEUR DU FEU DES ENFERS, LE--
FFFSSST
N-NON ! C'EST IMPOSSIBLE ! RIEN NE DEVRAIT POUVOIR--

URK!
FWOOOOT
ALICE ? QU'EST-CE QUI SE PASSE ?
HUUUUUU
WAAAAAH!
L-LÂCHEZ-MOI ! LAISSEZ-MOI TRANQUILLE !
SHUUM
GGLLLF!

COURTS
À L'AIDE !
"TOUT BIEN CONSIDÉRÉ, LA SEMAINE A ÉTÉ CHARGÉE AU PIERROT COURTS."

"LA ROUTINE HABITUELLE A VITE REPRIS..."
"CERTAINS CLIENTS ONT DÉCIDÉ DE RESTER..."
SANS BOBBY, JE CRAIGNAIS D'ÊTRE SEULE, MAIS CE N'EST PAS LE CAS, N'EST-CE PAS ?
VOUS SAVEZ ÉCOUTER. JE CROIS... JE CROIS QUE VOUS ME COMPRENEZ.
"NOUS AVONS EU DE NOUVELLES ARRIVÉES..."
"ET D'AUTRES ONT DÉCIDÉ DE PARTIR."
URTS
J'IGNORE JUSQU'OÙ ON IRA, AVEC LE BÉBÉ. J'AI BESOIN DE QUELQU'UN SUR QUI COMPTER. QUELQU'UN DE FORT.
TU PEUX M'AIDER ?

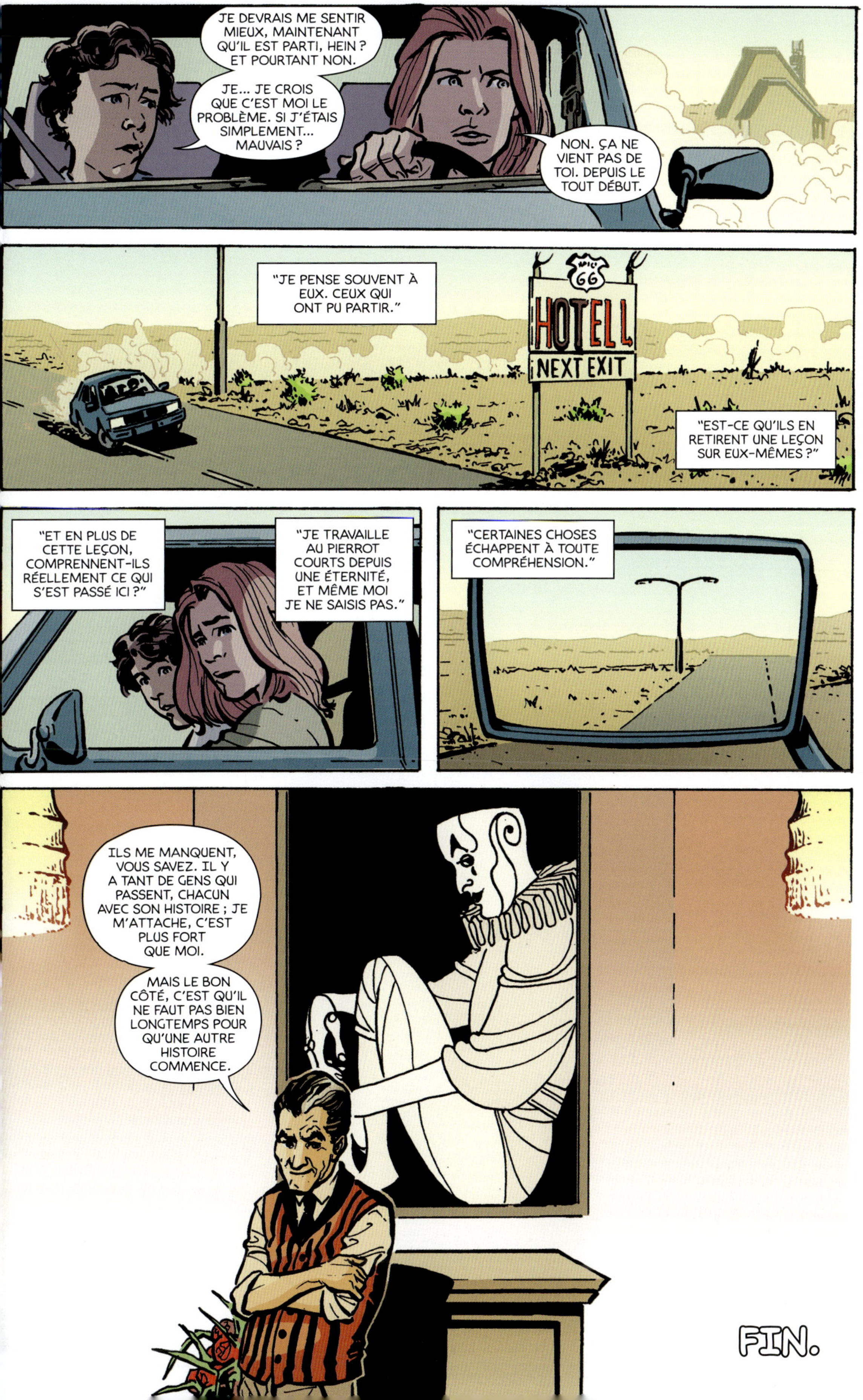
JE DEVRAIS ME SENTIR MIEUX, MAINTENANT QU'IL EST PARTI, HEIN ? ET POURTANT NON.
JE... JE CROIS QUE C'EST MOI LE PROBLÈME. SI J'ÉTAIS SIMPLEMENT... MAUVAIS ?
NON. ÇA NE VIENT PAS DE TOI. DEPUIS LE TOUT DÉBUT.
"JE PENSE SOUVENT À EUX. CEUX QUI ONT PU PARTIR."
66
HOTELL
NEXT EXIT
"EST-CE QU'ILS EN RETIRENT UNE LEÇON SUR EUX-MÊMES ?"
"ET EN PLUS DE CETTE LEÇON, COMPRENNENT-ILS RÉELLEMENT CE QUI S'EST PASSÉ ICI ?"
"JE TRAVAILLE AU PIERROT COURTS DEPUIS UNE ÉTERNITÉ, ET MÊME MOI JE NE SAISIS PAS."
"CERTAINES CHOSES ÉCHAPPENT À TOUTE COMPRÉHENSION."
ILS ME MANQUENT, VOUS SAVEZ. IL Y A TANT DE GENS QUI PASSENT, CHACUN AVEC SON HISTOIRE ; JE M'ATTACHE, C'EST PLUS FORT QUE MOI.
MAIS LE BON CÔTÉ, C'EST QU'IL NE FAUT PAS BIEN LONGTEMPS POUR QU'UNE AUTRE HISTOIRE COMMENCE.
FIN.

LETTRE DE L'AUTEUR DE HOTELL

NOUS ESPÉRONS QUE VOUS AVEZ APPRÉCIÉ VOTRE SÉJOUR

En tant qu'auteur de comics qui fréquente les conventions des deux côtés de l'Atlantique, j'ai passé pas mal de temps dans des hôtels. De nature créative, je songe souvent à ce qui a pu se passer dans ces chambres avant que j'y séjourne. Et comme ce penchant se manifeste toujours de façon sinistre et caustique depuis ma jeunesse de morbide amateur d'horreur, je finis systématiquement par me demander si quelqu'un est déjà mort ici. Lors d'un rêve éveillé particulièrement frappant, je me suis retrouvé dans la salle de bains de ma chambre. Par la porte ouverte, je distinguais mon reflet dans le miroir de la garde-robe. J'apercevais aussi l'espace vide sous le lit, et je me suis imaginé une silhouette affreuse tapie en dessous. Peut-être qu'elle guettait, impatiente et silencieuse, s'imaginant que personne ne la voyait, attendant que les lumières s'éteignent et que je m'allonge sur le lit. Ou peut-être qu'elle allait finir par se tourner vers le miroir et me repérer, debout dans la salle de bains en train de l'épier…

> Je songe souvent à ce qui a pu se passer dans ces chambres d'hôtel avant que j'y séjourne.

Mais passons de mon imagination au monde réel. À un petit restau italien sympa de New York City en octobre 2018, pour être précis. C'est là que j'ai rencontré pour la première fois Alex Alonso, que je connaissais déjà comme acteur majeur de l'industrie des comics. Il m'a parlé du projet enthousiasmant qu'il avait à propos d'AWA Studios et m'a demandé si je voulais participer, en mentionnant qu'il avait beaucoup aimé mon comics *Sink*. Nous avons parlé du genre de scénario qu'il apprécierait de me voir développer, et c'est lui qui m'a proposé cette histoire d'hôtel en bordure de route, même s'il pensait sans doute davantage à un récit criminel. Quant à moi, j'ai aussitôt penché pour le genre de l'horreur.

Hotell est une histoire de maison hantée, en quelque sorte. Quand on évoque une « maison hantée », on pense souvent à un vieux manoir majestueux. À force de devenir trop familiers, les décors perdent de leur pouvoir terrifiant.

En reprenant les passages secrets, les visions monstrueuses et les hurlements dans le noir pour les transposer dans un hôtel miteux en bordure de la Route 66, j'espérais leur redonner leur caractère singulier. Je songeais à *Psychose*, et à ce qui rendait si persistante l'image de la maison qui dominait le Bates Motel : le croisement entre la culture des États-Unis et l'imagerie gothique.

Maintenant que vous avez le premier numéro sous les yeux, il faut que je remercie un tas de gens. D'abord, Axel Alonso, pour m'avoir embarqué à bord. Trouver des personnes qui croient en vous et vous défendent n'est pas si courant dans les comics, et je serai à jamais reconnaissant à Axel de la confiance qu'il m'a témoignée. Avec lui, Mike, Dulce, Jame et tout le reste de la formidable équipe

En reprenant les passages secrets, les visions monstrueuses et les hurlements dans le noir pour les transposer dans un hôtel miteux en bordure de la Route 66, j'espérais leur redonner leur caractère singulier.

d'AWA travaillent sans relâche pour améliorer ces comics. Lee Loughridge est un coloriste de génie qui dégage de nouvelles dimensions des illustrations. Et puis, il y a le fantastique Dalibor Talajić, artiste hors du commun capable de produire des tableaux épouvantables, mais qui sait également quand se retenir, jouer la subtilité et laisser mijoter l'effroi. Je l'ai rencontré pour la première fois à la Comic Con de New York l'an passé, et ça a tout de suite collé entre nous, de façon aussi fluide que pendant nos échanges par e-mail. J'ai hâte de travailler de nouveau avec lui.

Enfin, c'est *vous* que je souhaite remercier, vous qui lisez ce livre en ce moment. Participer au lancement de la gamme Upshot d'AWA comptait beaucoup pour moi, ce qui n'excluait pas une certaine pression. On a beau travailler pour un éditeur au pédigrée impressionnant, toute nouvelle aventure réserve son lot d'inconnues. Pourtant, vous nous avez donné notre chance. J'espère que vous vous félicitez de cette décision.

Et j'espère que vous prolongerez votre séjour. Mais ne regardez pas sous le lit…

— John Lees
Glasgow, Écosse, février 2020

Concept Art by Dalibor Talajić

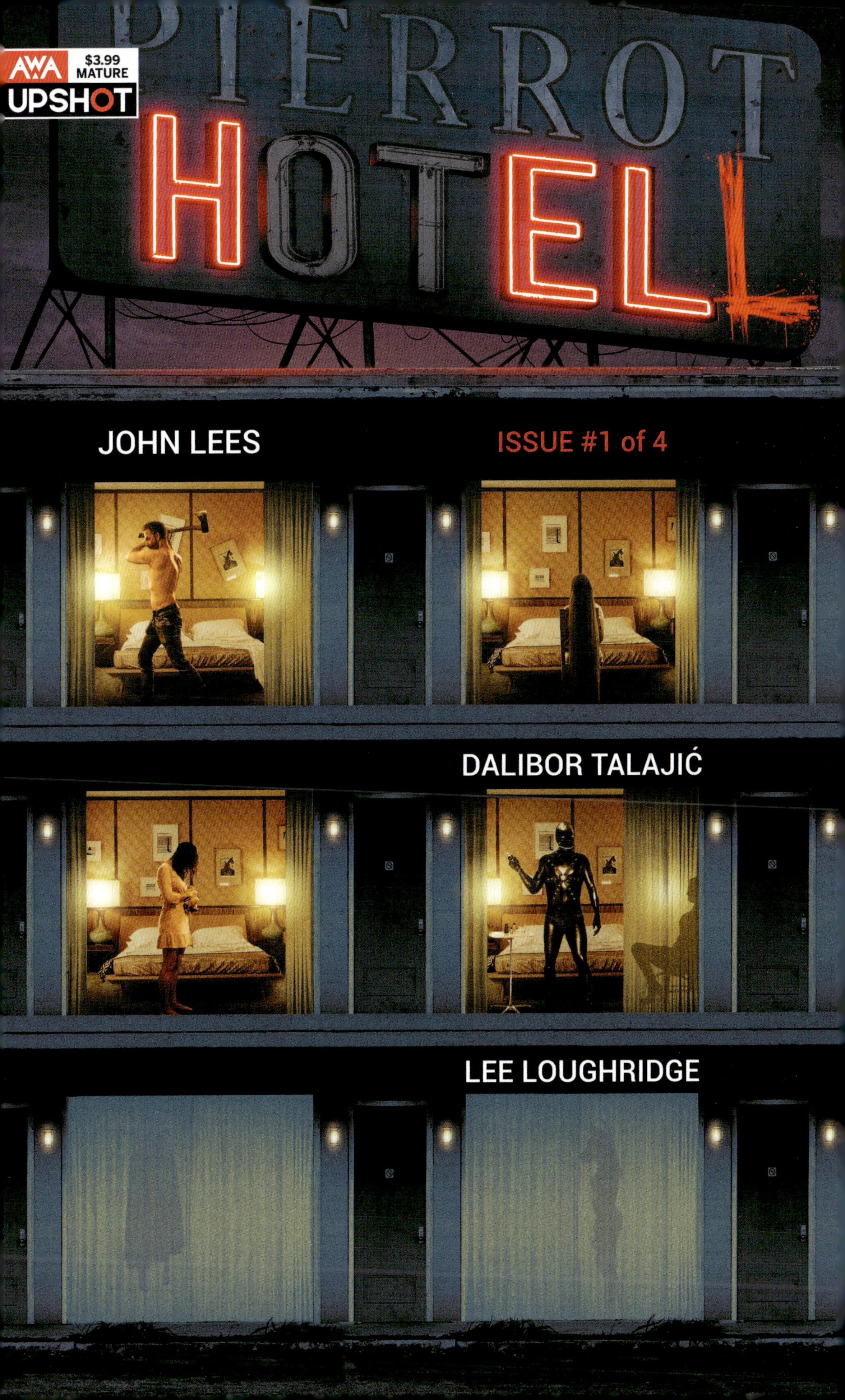
AWA
$3.99
MATURE
UPSHOT
PIERROT
HOTEL
JOHN LEES
ISSUE #1 of 4
DALIBOR TALAJIĆ
LEE LOUGHRIDGE

AWA
$3.99
MATURE
UPSHOT
JOHN LEES
DALIBOR TALAJIĆ
LEE LOUGHRIDGE
HOTEL
ISSUE #2 of 4

AWA
$3.99
MATURE
UPSHOT
JOHN LEES
DALIBOR TALAJIĆ
LEE LOUGHRIDGE
HOTELL
ISSUE #3 of 4
-keron-grant-

AWA UPSHOT
$3.99
MATURE
HOTEL
JOHN LEES
DALIBOR TALAJIĆ
LEE LOUGHRIDGE
ISSUE #4 of 4
-k e r o n-g r a n t-

HOTELL
4